2
ORC HERO STORY
半獸人英雄物語
忖度列傳
Kadokawa Fantastic Novels

「來個人抱著玩火的心態
跟我交往看看也可以吧！
我為愛付出可是至死不渝！」

## 桑德索妮雅

精靈族大魔導，一千兩百歲的大英雄。時時都在尋找結婚對象，卻因為太過位高權重以及不體面的流言，導致她目前依舊單身。

Thunder Sonia

# Characters

ORC HERO STORY

## 亞瑟蕾雅

戰時最讓魅魔軍畏懼的戰士之一，原本在精靈國亦屬知名的女戰鬥狂。有男人以後就找回了人性。

Azalea
「現在，我已經有心儀的對象。」
「呵，既然如此，我想那傢伙也會找到好對象，好比心愛的達令出現在我面前一樣。」

## 托里克普多

在桑德索妮雅身邊擔任隨扈兼助理的精靈國軍人，還負責與他國的外交事務，近期預定會跟出使之際認識的女性訂婚。

「說到氣味方面嘛，還是獸人出產的比較好嗎？
不對，可是這種東西從以前就已經公認要取自妖精
才算最上乘的貨色……」

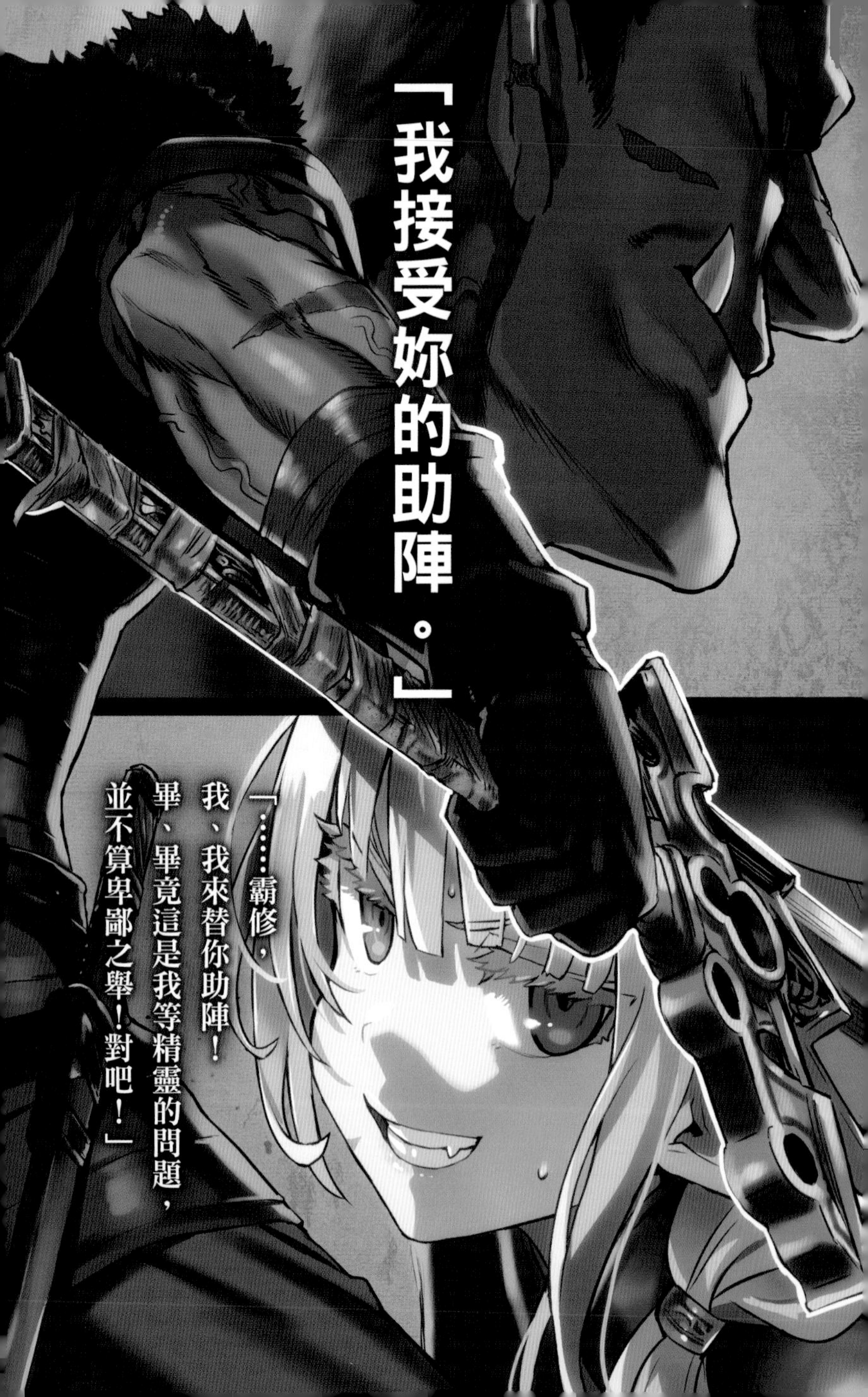
「我接受妳的助陣。」
「……霸修，
我、我來替你助陣！
畢、畢竟這是我等精靈的問題，
並不算卑鄙之舉！對吧！」

「很、很好。
有我跟你搭檔就所向披靡！」

ORC HERO STORY 2

## CONTENTS

### 第二章　精靈國　席瓦納西森林篇


1 席瓦納西森林 014
2 精靈城邑 036
3 有用的情報 048
4 「羌鷲棲木」 070
5 桑德索妮雅的煩惱 103
閑話〈桑德索妮雅出行的準備〉 124
6 半獸人喪屍 132
7 陷入絕境的精靈們 161
8 英雄VS大將軍 195
9 求婚 215
尾聲 238
後記 248

ORC HERO STORY

# 半獸人英雄物語

## 忖度列傳

# 2

理不尽な孫の手

illustration

朝凪

Kadokawa Fantastic Novels

忖度（ㄘㄨㄣˇㄉㄨㄛˋ）：揣測他人心情。亦指揣測並顧慮對方狀況之意。

（出自維基百科）

# 第二章

## 精靈國

Elf country

ORC HERO

STORY

# 席瓦納西森林篇

Episode
Shiwanashi

# 1. 席瓦納西森林

席瓦納西森林。

它正好位於從克拉塞爾城往西南方去，中間隔著半獸人國的另一側。

除了有棵名叫席瓦納西的巨木，別無奇特之處，任何地方都有類似的森林。

不過，對霸修來說，那卻是一塊有著深厚回憶的土地。

在戰爭中，席瓦納西森林曾為激戰地。

該地屬於半獸人最強部族的領土，對半獸人族而言堪稱最終防線。

倘若此處淪陷，半獸人就無法與妖精位在北方的據點取得聯繫。

因此精靈對席瓦納西森林發動了猛攻，半獸人與妖精則予以抵抗。

霸修也在這片森林作戰過好幾次。諸如何處生長著哪種草木，地形又是怎麼起伏，四處奔走的他都知之甚詳。

或許多虧如此，半獸人族才守住了席瓦納西森林。

其犧牲莫大。席瓦納西森林的族長戰死，城寨也幾乎全數遭到燒燬。

可是，即使如此，這片森林直到最後都歸半獸人所有。

假如這片森林被敵人打下，也許半獸人與妖精等不到終戰就滅亡了。

然而戰爭是殘酷的。

在終戰的同時，半獸人拚死命保住的席瓦納西森林便落入了精靈手中。

何止如此，半獸人族領土的森林地帶更有六成被割讓給精靈；另外兩成則是由智人拿下，半獸人不得不在剩下兩成的土地苟活。

基本上，由於半獸人原本自豪超過三十支的部族近乎全數覆滅，領土縮減倒是沒有造成不便……

「真令人懷念耶，老大……」

「是啊。」

如今，霸修正朝著那片被奪的森林邁步前進。

以方向而言，要說霸修走回了半獸人國也不為過，但目的地就在那個方位，他也無可奈何。

「啊，老大老大！你記不記得這裡？看嘛，這是你遍體鱗傷躲過的山洞！」

捷兒說著，伸手指了一座洞窟。

看似會有熊在裡面冬眠的那個山洞，是過去霸修身受重傷之際曾用來躲避追兵的山洞。

# 1.席瓦納西森林

「我沒道理會忘。當時你沒來的話，我已經死了。」

「少來了少來了！那點傷怎麼可能致老大於死地嘛！」

當時是冬天，山洞裡還有熊在。

因此，霸修把熊宰掉以後就吃熊肉披熊皮，進而在自己身上塗抹熊的糞尿來掩蓋氣味，裝成一頭熊躲過了精靈的追殺。話雖如此，由於霸修身受重創，失血也多，又在作戰途中跟捷兒走散，要是就那樣一直躲著，不久應該仍會傷重致死。

如果捷兒沒有拚命搜尋霸修，並且把他找到，被稱作「半獸人英雄」的存在理應不會誕生於世。

「差不多要到了。」

在霸修這麼說的同時，森林地帶就此中斷，河川現出了蹤影。

寬度約二十公尺，流速湍急的一條河。

為智人與精靈分出國境的安美忒河。越過這條河就是精靈的領地，席瓦納西森林。

順帶一提，沿著這條河北上，會遇到它與支流博格河的交會處。

夾在博格河與安美忒河之間的地段，便是半獸人目前的領地。

「那麼——」

霸修毫不遲疑地把腳踏進了河裡。

安美忒河有幾塊淺灘，可供人徒步渡河。

這類情報在戰爭中屬於機密，但現今並沒有特意隱瞞，市面上甚至也能向蜥蜴人買到記載詳細水文資訊的地圖。

然而，知道有地方可像這樣隻身渡河的人應屬少數。

霸修正是其一。

因此霸修打溼了雙腿開始涉水渡河……

「咦？老大，你要從這裡過河？」

捷兒攔住了他。

「難不成有什麼問題？」

「不是啦，與其說有問題……」

漫長戰爭已經結束，現在是各地都為自國事務忙不過來的時期。

目前，並沒有國家會起意攻打他國。

精靈亦不例外。戰爭剛結束的那段日子，他們固然曾眼冒血絲緊盯與半獸人之間的國境，但是在明白半獸人不會越界以後，對於國境一帶也就沒那麼提防了。

當然，偶爾還是會有流浪半獸人出沒，所以精靈倒不至於全無戒心……

尤其這條安美忒河，是他們與智人的國境。

## 1.席瓦納西森林

智人與精靈關係良好，而且彼此都屬於富饒的國家，或許正是因為這樣，警備兵力比起跟半獸人之間的國境更加稀少。

霸修恐怕不會被任何人發現，就能進入席瓦納西森林。

「老大若是不按規矩走關卡入境，難免要挨罵的喔。」

「……有這種事？」

「有啦！」

然而，警備的兵力再怎麼少，國境到底是國境，精靈對於半獸人來到自己的領土仍會提防。

假如是從專程設置的關卡入境也就罷了，換成渡河而來的話，應該就會構成問題。

「是嗎……要不然，我該怎麼做？」

霸修活到現在，幾乎從未光明正大地走過一條路。

他走的盡是無路之路、野徑或者密道。

因此，霸修自然而然就會挑不容易被發現的路走。

「從這裡南下有橋。老大可以走那裡過河。」

「我懂了。」

霸修點頭以後，便開始沿著河川南下。

既然捷兒這麼說，他認為肯定不會有錯。

「……話說回來，這裡變得還真多。」

隔了一會兒，捷兒開口嘀咕。

霸修聽他提到「這裡」，也跟著環顧四周。

綠樹蒼鬱，河流清澈，要說能聽見什麼聲音，頂多只有河水潺潺流過的聲響。

如果能到河邊釣魚，再睡個午覺消磨時光，想必是一大樂事。

「是啊。」

然而，霸修他們認識的安美忒河卻不是這樣的。

為了抑制蜥蜴人派兵增援，河川上游曾遭到截流，水量不到現在的一半，河寬更是狹窄。在截流處展開的戰鬥染黑了河水，每隔幾分鐘就會有屍體漂來。

群樹也被戰事殃及，有的燒成灰燼，有的淪為斷枝殘幹，有的枯萎凋零。

遠方時時都有聲音傳來。半獸人發出戰吼，精靈唱誦魔法，爆炸聲與干戈四起。

根本不可能聽得見什麼川流溪鳴。

「不，錯了。這不叫改變，而是恢復了原樣。」

「哎呀，老大今天可真是詩情畫意呢！不過說得對！森林本來就是這樣！非這樣不可！

# 1.席瓦納西森林

樹木綠意盎然，清澄的河水潺潺流過，花圃繽紛怒放，陽光帶來生機！在這樣的森林裡飛舞，實在讓人心情爽快！」

「這樣啊，原來你也講得出跟普通妖精一樣的話。」

「欸！老大，你這話就不對了！講得好像我不算是普通的妖精！要說的話，我可是妖精中的妖精！貨真價實童叟無欺！假如我不算妖精，到底有誰配得上妖精之名！哎，雖然我就是對普通妖精的生活感到煩膩才會在這裡！」

「呵……嗯？」

當他們倆如此拌嘴時，霸修的鼻子聞到了令人不適的氣味。

肉的氣味。

不過，那並非普通的肉。那是霸修已經聞慣，卻又不想多聞的一種肉。

腐肉的氣味。

而且，屬於吃不得的腐肉氣味。

半獸人胃腸強健，甚至可以視情況所需吃下已腐壞的肉。

但是就連半獸人這樣，也會有不吃的東西，那便是人形生物的肉。

所謂的人形生物當然不僅限半獸人，其他種族的肉亦包含在內。

半獸人也具備倫理觀念。據說他們在戰前連別的種族都照吃不誤，可是經歷過彼此皆生而為人的爭戰後，應當就萌生了同屬生物的自覺。

「……」

霸修將視線繞了一圈，便發現有東西在對面河岸蠢動。

凝神望去，可以知道那是一坨肉。

由泛白的褐色與紫色交織成大理石紋路的一坨肉，腐敗程度嚴重到彷彿會直接融化，卻不可思議地保有其形體。

人的形體。

全然腐敗而保有人形的肉團。

「是喪屍耶。」

「對，那是喪屍。」

喪屍瞥向霸修以後，隨即亮起爍亮的紅眼，往河川這裡撲了過來。

接著它一路朝霸修直衝。

不知為何，喪屍厭惡活人。它們一發現活人就會襲擊而來，為的是要剝奪其性命。理由則無人能知。不知道那是在嫉妒有人具備自己已逝的「生命」，抑或是死神對它們下了那樣的命令……

喪屍遵循那樣的習性，朝霸修衝過來以後……

撲鼕跌入河裡，被水沖走了。

「老大，原來這附近有喪屍出沒耶。」

「看來是這樣。」

戰爭過後，或者說在戰爭中也是如此，各國各地都出現了死靈。

尤其是戰況越為激烈的地帶，喪屍及骷髏怪的出現率越高。所懷的恨意或眷戀越強就越容易化為死靈，這一點是已有定論的。實際上，過去淪為激戰區的土地大多屬於「此役一敗即為國家存亡危機」的處所。

戰士們鼓足鬥志奮戰，而後喪命。

他們在不容陣亡的戰事當中陣亡了。

內心抱憾，滿懷不甘，死也無法瞑目。隨之化成的死靈自然就多。

席瓦納西森林正是這樣的一塊土地。

所以，會有喪屍出現也不算多稀奇的鮮事。

說起來，在現今的世界，喪屍本身並不罕見。

在半獸人國，同樣有喪屍以及骷髏怪出沒。

死靈的種類並不僅限半獸人，也有以往攻打半獸人國的智人或精靈。

而在妖精國，舉凡智人或精靈這些攻打過妖精國的種族，偶爾也會化成死靈出現。

既然如此，智人國應該也有，在精靈國當然也會出沒才對。

另外，至今尚無妖精化成的喪屍出現。

妖精天天都優哉游哉地過活，根本不會留下眷戀。

「我們走吧，捷兒。」

「好啊。」

因此，霸修他們都對剛才看到的喪屍不予理睬，加緊腳步往精靈劃出的國境趕去。

◇

關卡搭建的橋梁是在兩年前才剛竣工。

它位於精靈國與智人國的分界處，乃稱靈智橋。

這是為了促進今後精靈國與智人國間的貿易繁榮，同時，亦有敦睦精靈與智人雙方友誼的用意。

如此建造完成的這座橋梁是以石材砌成，牢固可靠，寬度足以讓兩輛馬車錯車。

實際上，精靈與智人間的貿易正在蓬勃發展，每小時都會有商人的馬車通過一次。

每小時一次，次數絕不算多。即使稱作蓬勃發展，各國商業仍處於振興國內景氣的階段，所以規模恰如其分。

因為每小時頂多有商隊通過一次，看守的衛兵就只有兩人。

原本該要課以關稅或者其他名目的通行費才對，不過在四種族同盟之間，相關的細則尚未明定。

戰爭期間實在太久，以至於沒有人曉得戰爭發生前採行過何種貿易制度，也不明白往後該如何是好。

當然，戰時根本沒有對援助同盟國的物資課稅。

假設有，像獸人族那種在財政上並不寬綽的國家，或許就已經垮台了。

總而言之，接下來應該會花費十幾年，在發生問題或其他狀況以後，將相關的法條逐步充實完備。

那麼，儘管在精靈與智人之間，乃至四種族同盟內部是有如此寬容的邦交往來……

「都給我站住！你這傢伙是半獸人吧！報上身分！你為什麼會從智人的國家過來！有何目的！快說！」

對待七種族聯合就另當別論。尤其是對半獸人以及魅魔，由於這兩個種族在終戰前夕曾一再與四種族同盟展開激烈衝突，造成了人們對其敏感過度的效應。

不時有流浪半獸人從半獸人國流亡而來，更加劇了這樣的現象。

流浪半獸人既野蠻又不肯守法，無論何時都會給他國添增困擾。

因此，霸修理所當然就被兩名年輕精靈拿弓箭對著。

「我名叫霸修，正在尋找某物的旅途上。我從智人將軍休士頓口中得到情報，聽說這裡也許會有我要找的東西，才動身來到此地。」

「霸修？從休士頓將軍那裡……？」

兩名男精靈瞪著霸修。

他們應該屬於年輕的精靈，年輕到沒參加過戰爭或者在終戰前夕才開始服兵役的地步。否則照理講，聽聞霸修之名斷無可能不渾身發抖，更不會有膽踏進霸修出手可及的範圍。

身經百戰的精靈會溶入森林，隱藏蹤跡，絕不踏進半獸人出手可及的範圍，一邊表達出自己能發箭殺敵的意志，一邊對來者進行盤問。

不懂得這麼做的，就只有新兵。

「喂，你有聽說嗎？」

「沒啊，我可不曉得有半獸人要來。」

「既然他只是聽了情報，身分應該屬於單純的旅行者吧？」

「那可以放他通行嗎？」

「可是，上面有交代別讓流浪半獸人通過……他算嗎？」

「我根本區分不出流浪半獸人啦。」

兩名精靈面對霸修光明磊落的態度，頓時變得不知所措。

假如是流浪半獸人，像這樣被攔住時就會發動攻擊了。

或者說，用不著衛兵把人喊住，對方便會隨著戰吼殺過來，直接進入戰鬥。

光是狀況並非如此，或許已能想見對方不是流浪半獸人……然而，眼前這名半獸人也有可能說謊。衛兵無法輕易做出判斷。

「兩位，我打岔一下好嗎？這位大爺才不是流浪半獸人啦！」

捷兒就在這個時候強出頭了。

他輕飄飄地在精靈面前飛來飛去，華麗地開始演說。

「令人敬畏的這位啊，正是半獸人的大英雄霸修大人！半獸人國的大人物！簡直可列為國賓！這等身分的人物若要出外旅行，當然會取得半獸人王准許！連他都被講成流浪半獸人的話，整個半獸人國就只有法外之徒了啦！拜託兩位，趕快把路讓開！」

緊接著，從捷兒嘴裡冒出了一連串稱讚霸修的字眼。

最強、無敵、無雙、猛將……彷彿倚老賣老的精靈自誇時會掛在嘴邊的成串字眼，讓年輕精靈們板起了臉孔。

「你認得嗎？」

「我哪認得半獸人有什麼知名人物。這傢伙會不會是在說謊？」

「可疑耶。」

「對啊，實在可疑。妖精講的話怎麼能信。」

精靈間有這麼一句俗諺。

『問路找妖精，燙掉半條命。』

從前有個旅行在外的精靈。

他在旅途中發現水壺破了個孔。

水壺的孔立刻就堵住了，灑出去的水卻找不回來。

喉嚨乾渴難耐，腦袋也昏昏沉沉，當他尋求水源而在森林遊蕩時，就有個妖精現身這麼告訴他：

「來這裡來這裡，這邊有水！多到隨你喝！包準有得喝！」

旅行在外的精靈聽信了這些話，就追著妖精跑。

於是，確實有地方可以取水。年輕精靈高興得奮勇跳下水。

下個瞬間，精靈慘叫出聲。他一開始沒發現，那片水源原來是溫泉。

據說妖精看到精靈全身燙傷，還幸災樂禍地哈哈大笑。

這段故事的寓意就是妖精講話都信口雌黃，所以做重要決策不能拿來當判斷的材料。

基本上，這類俗諺是近年才流傳開來的。

精靈國於戰時並沒有出外旅行那種閒情逸致。

八成是有人在戰爭中被哪個不知名的妖精耍了，才會催生出這種俗諺吧。

總之，兩名精靈看來是沒有意願讓路。

「你們的意思是不讓我過？」

「沒錯！別以為半獸人之流能踏進精靈國！」

「唔……」

這麼一來，霸修就為難了。

假如在場的他並沒有任何情報，應該會心想「不然去其他國家看看吧」而爽快地改換方向。

然而，他目前可是根據「殺豬屠夫休士頓」給的情報在行動。

霸修認為在這片席瓦納西森林裡，肯定有願意嫁自己為妻的貌美精靈。

考量到旅行的目的，他總不能無視這一點。

當然，這是霸修個人的目的，所以並無大義名分。

不足以構成他強行闖關的理由。

話雖如此，單純因為半獸人的身分就被對方拒絕入境的話，霸修也不會退讓。畢竟跟精靈國定下的協約裡，並沒有「不歡迎任何半獸人」的文字。

霸修沒有理虧之處。

「喂，你們幾個搞什麼？別擋路！」

這時候，有輛馬車經過。

從智人國駛向精靈國的馬車。

馬車在霸修身後停下，坐於車夫位子上的男子如此吼道。

長著柔順金髮與長耳朵的男子……對方是個精靈。其服裝與守衛國境的士兵相似，可見應該隸屬於軍方。

「我要求進入精靈國，但他們不肯放行。」

「嗯？半獸人……？」

車夫發現霸修的存在後，就投來納悶的目光。

然而，他立刻把視線轉向衛兵那邊。

他應該是判斷與其聽來路不明的半獸人辯解，問自國的衛兵會比較快。

「喂，這是怎麼回事，給我說明！」

「是！」

看來坐於車夫位子的男精靈地位比國境衛兵高。

兩名精靈士兵立正以後，就開始說明事情經過。

有半獸人突然出現，還表示自己想找東西，所以希望入國之事。

有可疑的妖精陪同在旁之事。

對方主張自己只是旅行者，而非流浪半獸人之事。然而，不管怎麼想都覺得可疑，衛兵便將他擋下之事。

「那邊的半獸人，你剛才所言屬實嗎？」

「都是實話。我並非流浪半獸人。」

「你敢發誓？」

「我願對偉大的半獸人王涅墨西斯立誓。」

「哦～～」車夫對霸修說的話吐了口氣。

他知道半獸人宣誓有何意義。

在半獸人社會，有權做這種宣言的只有一小撮，非得是大戰士長（Great War Lord）以上的戰士方能如此；而且以半獸人王的名諱發誓，代表若有虛言便願意承擔死罪。

換句話說，眼前這名半獸人在其國家是具有地位的人物，此等人物會到國外走動，表示有半獸人王首肯。

話雖如此，這樣一來就有別的疑問隨之浮現。

他為什麼會在這裡？

所謂要找的東西，究竟又是何物……

倘若釐清不了這些疑點，是否就不該放其通行……

「大可放他過去嘛，有什麼關係呢。」

這麼發言的人並非車夫。

發言是從馬車裡傳出來的。

女性的嗓音。

「戰爭結束了，半獸人也肯遵守承諾。雖然偶爾確實會有流浪半獸人出現……既然他得到了半獸人王准許，是個正正當當的旅行者，你們又何必刁難？」

意外有人解圍，使得霸修心跳加速。

女精靈澄澈的嗓音總是可以迷住半獸人。

「可是，索妮雅大人，半獸人會出外旅行這種事，根本聞所未聞。」

「戰爭結束後都經過三年了，半獸人當中也會出現有意旅行的分子啊。何況這人表示涅墨西斯那廝同意他這樣做，就不算流浪在外吧。你說是嗎？」

「明明連一紙字據都沒有，能讓人信得過嗎？」

「啥？難道說，你不懂半獸人提到半獸人王名諱的含意？」

「我了解當中含意，然而流浪半獸人就是不願服從半獸人王的族群……他也有可能隨口胡謅。」

「有可能！不過，你思考看看吧。如果半獸人認真想入國，只要偷偷渡過安美忒河就行了。過去的流浪半獸人全是那樣做的吧？而這人則是從正面光明磊落地來，還提到半獸人王與休士頓的名字，才要求衛兵放行的喔。你想想，他提的是那個『殺豬屠夫』休士頓耶。即使要扯謊也會找個可信點的名字吧？你說是嗎？」

「嗯～的確……總而言之，既然有索妮雅大人如此為對方說情，喂，你們兩個，放行讓他通過！」

車夫這麼一交代，精靈衛兵就立刻放下弓箭，並且把路讓出來給霸修，只差沒有加上個「請」字。

車夫確認後，揮下馬鞭。

馬車由後追過霸修，開始過橋。霸修將路讓給馬車，並且仰頭開口——

「感謝。」

他道出這麼一句。

朝霸修回話的並不是車夫。

「嗯，別放在心上！如今可是和平的時代！」

## 1.席瓦納西森林

從馬車窗口探出臉的人，是一名貌美的女精靈。

鼻子高挺，藍眼細長清秀，下巴尖而突出，還有對長耳朵。臉蛋嬌小，胸脯也符合精靈的玲瓏體型。

她恐怕是個法師。寬邊尖帽蓋住了柔順金髮，而服裝同樣是符合精靈風格的深綠長袍。

「哎，別看我這樣，我地位可是高人一等，要放你過橋根本易如反……啥！你是……咕哇！」

從馬車探出頭的女子一看見霸修，就原地蹦了起來。

她的頭頂直接撞上馬車窗框，好似青蛙被壓扁的驚呼聲隨著身影倒進車廂而逐漸淡出。

馬車裡又傳出一陣沉沉的碰撞聲，不過馬蹄同時也踏過石頭而發出較大的聲響，因此車夫應該沒聽見那陣聲音。

女子恐怕昏倒在車裡了，卻完全沒有人察覺。

或者說換成平時，霸修是會注意到才對。

然而，此刻的他無心注意那些。

「多麼美麗……」

久未目睹的精靈女子。

而且，那還是一名可謂精靈典範的貌美精靈。彷彿體現了理想中女精靈形象的她，奪走了霸修的心。

唉，女精靈是多麼美麗可人。

以往霸修都與她們為敵，就沒有好好瞧過，但是那簡直太理想了。智人女子再怎麼美，身形總會有帶著幾分圓潤之處，但精靈就不會那樣。

美得有如出鞘的短劍。

兩者都難以割捨。可是，單以美的觀點來講，肯定是精靈較優。

休士頓給的建議果真沒錯。

霸修體認到，自己所追求的女神就在這塊土地。

「奇怪……？剛才那個精靈，我好像在哪裡看過耶。」

捷兒歪了頭思索，不過對霸修而言，那無關緊要。

為了趕快跟女精靈打好關係，他加快了前往城裡的腳步。

# 2. 精靈城邑

精靈國席瓦納西森林邑。

霸修一踏進那裡，就被衛兵包圍住。

然而，當霸修大方報上名字後，有一名衛兵提到：「剛才接獲通報是索妮雅大人准他入國的耶。」那些衛兵就七嘴八舌地談論著：「不愧是索妮雅大人。」「想必有其考量吧……多麼心胸寬大的貴人啊。」並且將霸修釋放了。

霸修在內心感謝於國境相助的精靈麗人，並且踏進了城邑。

精靈建造城邑的手法有別於以石與木搭配興造城鎮的智人，建材只用樹木。

城邑入口有為了迎接外來客的旅舍及店家林立，這點與智人城鎮是相同的。

要說到差異，大概就是智人城鎮的中心會有城堡或宅第，反觀在精靈城邑的中心，聳立的則是主幹粗得足可讓三十個霸修手牽手圍成一圈的巨樹。

階級較高的精靈們會在那棵巨樹上興造建築，並以該處為居所。

巨樹名叫席瓦納西。

樹名直接被引用成整片森林，乃至城邑的名稱。

霸修他們進入城邑後，紅與黃色的鮮豔民宅來到了眼裡。

「精靈的城邑也變了不少。」

霸修望著那幕景象，如此嘀咕了一句。

在戰爭中，霸修攻打過好幾次精靈的聚落。

霸修記憶裡的精靈民宅一向都罩著掴有枝葉的偽裝網，或是綠與褐色迷彩圖樣的布縵。只看一眼，自然沒辦法掌握建築物的正確數量及大小，連要辨別有建築物在那裡都不容易。

「唔啊～～這配色還真像花圃耶！戰爭結束後，精靈對於時尚是不是也跟著覺醒啦？」

「單純是城鎮沒必要掩飾了吧。偽裝的底下本來就是這種顏色。」

「哦～～……話說回來，別的種族實在不少耶。」

「是啊。」

霸修走在路上，就看見許多非精靈的外族身影。

眼熟的智人；體毛濃密且鼻子獨具特色的獸人；個子矮的蓄鬍矮人……他們主要是加盟過四種族同盟的國民，不過就算席瓦納西森林邑屬於飛地，境內有這麼多外族的景象仍舊罕見。

順帶一提，最多的是智人。

而且不知為何，智人身旁大多會黏著精靈族的異性。

這算是十分稀奇的景象。

性情排外的精靈對智人居然會如此卸下心防，感覺出了什麼不對勁的怪事。霸修卓越的戰鬥直覺正這樣告訴他。

「捷兒，這不太對勁。」

「說得對喔。提到精靈嘛，給我的印象是動不動就要跟人起衝突耶。」

精靈這支種族，說來既排外又富攻擊性。

再者，精靈信奉祕密主義，據說若是有外族入侵自己的地盤，他們會立刻採取行動將其排除。

除了戰時的最後十幾年以外，連外族軍隊想要在城邑裡停留，就算是同盟國成員，精靈都會拒絕。

明明如此，當下城裡卻滿是外族。

霸修能夠輕易進城也令人不可思議。就算有權貴幫忙說話，衛兵居然這麼輕易就放半獸人入城，這是違背常情的。

「我猜大概在舉辦什麼慶典吧！老大，我去打聽看看！」

打鐵趁熱，捷兒朝著一對情侶飛去。

霸修並沒有阻止，還邊走邊望著行經路上的人們。

因為對他來說，光是看看女精靈就可以保養眼睛。

當霸修用毫無顧忌的眼光觀察路上行人時，他察覺到了一件事。

精靈盡是女性。

儘管多少也有男精靈，人數卻不多。然而要說路上行人是否盡是女性，倒也沒那回事。

精靈之外的種族幾乎全是男性，而且外族男子大多被精靈挽著手臂，不然就是手牽手。

跟男性在一起的女精靈則是滿臉幸福洋溢地望著男方。

這樣的景象，簡直可以直接代入「恩愛」一詞來形容。

跟男性恩愛地走在路上的女精靈當中，也有人大腹便便。

她們懷胎在身。從男方也滿臉幸福的模樣就看得出來，那都是一對對的夫妻。精靈嫁給了外族男子。

順帶一提，落單旁觀的女精靈之中，很多都帶著黯然失色的死魚眼。

懷有恨意與憎惡的混濁眼神。

那是霸修在戰爭中看過好幾次的眼神。

然而，戰爭已經結束，在氣氛如此祥和的城邑裡，她們為何會有那種眼神……？

## 2.精靈城邑

「……」

疑問源源不絕。

霸修納悶地走過街道。於是，他在看似公園的地方，發現有三名女精靈正在向一名男智人求愛。

「大家都說我廚藝好，又很貼心。真的喲。」

「最喜歡你的是我。唯有這一點，我不會輸給其他人。」

「我屬於為愛奉獻的類型，要是你肯跟我結婚，絕不會後悔。」

男方面對這些求愛話語則是露出色瞇瞇的模樣，嘴裡還說著：「哎呀，傷腦筋耶～～真難選擇～～」

令人好生羨慕的景象。

在霸修眼裡，也覺得那三名女精靈面容姣好。

她們都體型苗條，眼睛細長，長著金色秀髮……

雖然有的臉上留有傷痕，有的少了一兩根手指，有的則是盲了一眼，對霸修來說都不足以構成缺點。

身上有傷是在漫長戰爭中奮戰過來的證明。那是戰士(Warrior)的榮耀。

體格方面亦然，以精靈而言，她們都長得結實健壯，感覺能生出活蹦亂跳的小孩。娶任何一個為妻應該都不會讓人後悔。

霸修心想，換成自己應該就會趕快挑一個對象，在脫處後過著美滿的家庭生活。

哎，雖然想了也是白搭。

「……啥？」

這時候，有一名精靈注意到了霸修的視線。

「那傢伙是怎樣？」

她的瞳孔頓時像殺手一樣縮小了。

下個瞬間，三名女精靈就一塊轉向霸修這邊。氣氛大舉混入肅殺之氣。

「欸，看什麼看？區區半獸人，少在這裡跟我們瞪眼睛。」

「老娘可是精靈國第三十一獨立分隊的人，難道你想跟我們幾個打？基本上，你從哪裡混進來的，看起來倒不像流浪半獸人。」

「話說，這傢伙是不是在哪裡見過？」

「誰曉得。老娘才分不出半獸人的長相……呃，可是總覺得似曾相識耶。」

「他會不會是大隊長之類的？現在沒披鎧甲罷了。」

對方突然態度丕變，使得霸修稍感困惑。

不過，霸修反而覺得她們很有精靈族戰士的風範。沒有錯，精靈就是要這樣才行。既排

## 2.精靈城邑

外又具攻擊性，看見外族便要狠咬一口的蠻勁與她們正合適。

霸修對精靈國第三十一獨立分隊的部隊名稱並沒有印象，但她們幾個儼然是從戰爭奮戰存活下來的戰士。

「抱歉，我只覺得有點不可思議。」

「啥？哪裡不可思議？」

「我在想，為什麼三名精靈會搶著要一名智人。」

「……」

三名女精靈目瞪口呆地望了彼此的臉。

然而，過了幾秒以後，她們便面紅耳赤地站起身，並且瞪向霸修。

「你這是在找碴，對吧？」

「難道說，你覺得我們幾個看起來像飢渴的鬣狗？」

「活膩了想找死啊，是就說嘛。」

霸修被對方逼近到伸手便能揪住胸口的距離，態度就變得畏縮了。

「不……」

因為從三名精靈身上傳來了無法言喻的香氣。

更何況，她們穿著以精靈而言算是較暴露的服飾，白皙肩膀與胸口都露了出來。

被女精靈像這樣貼近，霸修的胯下難保不會一展雄風。

霸修一面後退半步一面回答她們的質疑。

「我沒那個意思。假如要找碴，我講話會更直截了當。」

「哦，對老娘來說，你這種找碴方式倒已經夠直截了當了喔，懂嗎？」

「那我道歉。只不過，我剛來這個國家，碰到的全是些令我摸不著頭緒的事。為何外族男子會多成這樣，還跟女精靈走在一起……」

霸修老實地這麼說以後，女精靈再度看了看彼此的臉，還擺出「當真？」的狐疑臉色。

接著，她們又朝霸修的臉看了過來。

視線之熱烈，讓霸修怦然心動。即使在戰場上，他的脈搏應該也很少快成這樣。

「嘖，看來他好像真的不懂。」

「唉……受不了。」

一名精靈聳了聳肩，另一名發出嘆息。

最後一名則是揮揮手發出噓聲，要霸修閃邊去。

「既然這樣就放你一馬吧。要走快走，趁老娘還沒開扁。」

「……好吧，失陪。」

霸修看似不捨地離開現場。

# 2.精靈城邑

他本來還想跟這些女精靈多交談幾句。

霸修想知道她們爭著要一名智人的理由，更重要的是女精靈聲音好聽，即使耍狠也一樣悅耳。

然而對方要他走，他總不能不走。

繼續待在這裡的話，會跟對方起衝突。

霸修是個半獸人，遇到衝突不會怕事。

然而，霸修不是來找人打架的。他要的是結婚對象。

即使打贏也無法跟她們結婚，這是很明顯的事。

「呃……抱、抱歉，我總覺得，哈哈，自己跟妳們幾個好像有點合不來耶，那我就先失陪嘍，哈哈哈……」

「咦？慢著慢著。剛才那是誤會啦！真的！」

「對啊！不是那樣的。因為半獸人看到不順眼的男性，就會立刻動手把人打扁……沒錯，我們是想保護你。」

「為了你，要跟龍作戰我也甘願。我說真的。誰教我是個為愛奉獻的女人呢。」

背後傳來這樣的交談聲，但霸修沒有回頭。

有架不打，無論聽見什麼都該頭也不回地離去才上道。

對半獸人而言，回頭看對方跟放話表示「要打就來」是同義的。

順帶一提，找碴者也是希望能痛快打一場才會再三挑釁。

「……呼～～」

跟精靈們充分拉開距離以後，霸修將背靠向路旁的樹木。

他一頭霧水。

為何精靈的城邑裡有外族男子到處走動？為何男精靈人數稀少？為何女精靈會簇擁在外族男子身旁……

話雖如此，仔細觀察就能發現，跟外族男子走在一起的那些女精靈似乎多屬曾經從軍的人員。

從整體來看，她們言談尖銳，身手也敏捷俐落，肢體有殘缺者更是不少。

莫非這是跟軍方有關的慶典活動……

「欸！欸！欸！」

當霸修這麼思索時，前方有某種發光的物體飛來。

那個飛行物體一直線朝霸修飛過來，然後貼到了霸修臉上。

「欸欸欸！老大！老大！大消息！天大的消息！」

是捷兒。

## 2.精靈城邑

自當如此。敢不要命地專程往霸修臉上貼的飛行物體可沒有那麼好找。

「怎麼了?」

「我發現不得了的事實啦!不得了!真的不得了!」

霸修將貼在自己臉上的妖精扒開,並且問道。

妖精則帶著一副不好說是發青或者漲紅的絕妙臉色。

他肯定是慌了,同時似乎也感到興奮。

這個妖精難得會如此方寸大亂。

一向隨隨便便,一向優游自在的捷兒,居然會慌亂得貼到霸修臉上,即使是在戰爭當中,與此相近的狀況也數都數得出來……照霸修的印象,頂多只有在席瓦納西森林這裡作戰時……不對,更早的桑德利翁丘陵之戰中就看過,可是記得蜜糖之森一役也有……原來次數意外地多……

總之,當捷兒慌亂成這樣時,必然是發現了重大的事實。

好比半獸人族長巴拉班喪命時,好比惡魔王格帝古茲戰死時,好比殺人蜂女王遭遇叛亂被女兒吃掉時……可列舉的例子還多著。

每項事實都令人震撼,而且都是聽了就洩氣的壞消息。

難道出了什麼狀況?

「冷靜點。」

霸修一把抓住亂飛的捷兒使其冷靜，好將事情問清楚。

不知道會問出什麼樣的消息。

然而問出什麼都無所謂。霸修是半獸人的英雄，哪怕將要面對的戰況再不利，他早已做出覺悟。就算勢必與敵一戰，他也有覺悟秉持半獸人的骨氣奮戰至死。可是，捷兒打聽到的消息若與戰鬥無關，霸修內心便會不好受。

總不會是半獸人王涅墨西斯出事了……？

還是半獸人國發生危機？

受不安折磨的霸修問道：

「出了什麼狀況？」

「想不到，想不到，萬萬想不到！聽說呢，目前在精靈國……」

妖精興奮依舊地開了口。

道出令人震撼的事實。

道出霸修疑問至今所要的解答。

「正流行跟異族聯姻！」

道出天大的好消息。

# 3. 有用的情報

精靈。

種族壽命平均約為五百歲。

主要生活於瓦士托尼亞大陸西南方的森林地帶，但在東南部及西北部也分布廣泛。性情排外、富攻擊性、自尊心強烈，對入侵本身地盤的外族會立刻動手排除。

綜觀而言，他們人數較少，體格也不算魁梧，但是在使用劍、弓、水與風魔法還有隱匿性皆有過人之處，再加上長壽的特質，身經百戰的戰士輩出，整體看來屬於精悍的種族。

……以上，是外族在戰時對精靈具備的認知。

大致上並無訛誤。

若要點出唯一有出入的部分，就是排外的習氣已不復存在吧。

長年持續的戰爭落幕，精靈國也有了新氣象。

尤其是跟智人、矮人這些曾共組同盟的外族，交流都變得相當興盛。

商業交易自然不說，單純的旅行往來也一樣頻繁。雖說精靈長壽，當今所有的個體都是出生於戰時，就連當中最年長的分子也大多不諳世事。

我們既長壽又博學，你們則是短命而見識淺薄的蠢東西——以往這是在精靈之間的普世觀念，然而到戰後不免就有精靈省思，縱使要以博學自居……自己究竟比其他種族多懂了些什麼呢？

在漫長戰爭中，精靈的智慧與累積的知識都已經蕩然無存，典籍亦佚失殆盡。

過去的驕傲於理無憑，自尊心強的精靈也就跟著減少了。

由於這些因素，當代的精靈便拋開傳統，並且大量接納他國文化，正要轉型成一個多彩多元的國度。

再經過一千年，智慧與知識就會重新累積，屆時精靈們的自尊心應該也會隨之變強……

但無論如何，目前復興自國仍是第一要務。

那麼，要復興國家，必然需要一項東西。

現在幾乎每國都欠缺那項東西，精靈國也不例外。

沒錯，就是人口。

於是嬰兒潮……乃至於結婚潮就這麼開始了。

由精靈的特權階級，也就是俗稱的高等精靈帶起了潮流，其效應也有傳播到精靈的平民之間。

## 3.有用的情報

多結婚，多產子，多增加人口。

話雖如此，戰爭導致本就偏少的精靈個體變得更少了。

尤其是屢次正面迎戰魅魔軍的精靈國，男性陣亡者眾，造成了女多男寡的結果。

假如精靈像矮人那樣採一夫多妻制，那大概就不成問題，然而在精靈的常識當中，愛就是要專一到結婚對象死去為止。

因此，精靈王諾斯波爾推行了某項政策。

其名為「半精靈政策」，內容是要發放國籍和補助款給與精靈通婚的外族男子。

吸引外族的男子，讓他們與女精靈通婚——精靈王打的如意算盤便是如此。

這算盤打對了。

在戰爭中被精靈之美打動心房的智人尤其多，色性大發的男子順應政策踴躍來到了精靈國。

像這樣施政，假如讓全國上下變得盡是半精靈要怎麼辦？

輿論固然有出現這樣的聲音，但精靈畢竟是長壽而有耐性的種族。

只要找個時間點中止政策，半精靈就會跟純種的高等精靈交配，反覆繁衍後遲早能沖淡外族血統，國內的精靈想必會回歸以接近純種者居多。

就這樣，目前精靈國滿是想與精靈結婚的外族，還有原本在精靈國尋無伴侶的女精靈，到處都在舉行徵婚活動。

現況是與異族聯姻不會遭到排斥。

對霸修來說可謂千載難逢的好時機。

◇

「所以嘍，目前精靈國掀起了結婚潮！女精靈多到嫁不完！老大肯定也可以找到想要的女人！」

「對！」

霸修跟捷兒正在旅舍開作戰會議。

儘管他們倆不懂休士頓為何會建議到精靈國就過來一探了，既然有這樣的背景，便能夠理解。

回想起來，異樣感從進城時一直如影隨形。

打從進城那一刻開始，霸修就被人用異樣眼光看待。

這是當然的。畢竟半獸人進城這種事幾無前例，再不然就是流浪半獸人才會闖進城吧。

衛兵們自然都朝霸修圍了上來，並對他展開訊問。然而，那些精靈隨即表示：「雖然說是半獸人，普通的旅行者要進城就放行吧。」「既然索妮雅大人都這麼吩咐過了……」然後便退讓了。

要說的話，這原本是違背常理的。

雖說戰爭結束後已經過了三年，動輒要跟人起衝突的精靈絕不可能用這種態度待人。

但是，既然精靈國全體上下帶起了異族聯姻的風氣，怪不得會這樣。

「話雖如此，精靈跟半獸人勢如水火。就算異族聯姻的風氣再興盛，老大要是直接去求愛，可以想見還是會被甩。」

「我知道。所以我該怎麼做才好？」

「方式有很多，不過基本上跟追求智人一樣啦。只是呢，精靈說起來和妖精還滿相似的。身為森林看守的她們熱愛森林，也被森林所愛……重點在於要逐一尊重精靈特有的規矩與主張！還有，香水最好是選有花香味的貨色！服裝也要改穿比較不暴露的款式比較好。因為對精靈來說，露出肌膚可是有特殊意義的！」

霸修低頭看了自己。

他穿的服裝是有半獸人風範……現在卻聽到了精靈討厭裸露的說法。

盡可能遮住肌膚肯定是比較好的。

如此一想，剛才遇見的三個女精靈打扮暴露倒是令人在意……

# 3.有用的情報

對她們來說，倘若那名智人算是特別的存在，想想也就不足為奇了。只要能在精靈心中占有特殊的地位，她們反而會主動露給情人看。

霸修滿懷期待，熱切的情緒彷彿隨時都會爆開。

「原來如此！」

「老大不如先打理服裝儀容，走吧走吧！我們去服飾店！這件事可以包在我身上，店家位置都已經探查清楚嘍！」

因為這樣，霸修決定照捷兒的建議，到位於旅舍附近的店家走一趟。

這家店真的就開在旅舍附近。隔壁間而已。

鑽過對霸修來說嫌太小的店門口後，眼前多得是半獸人國看不到的各種服飾，形形色色陳列成排。

基本上都是以綠、褐、黃為基調的精靈服飾，不過店裡也有幾套貼近智人風格的衣服。

「老大覺得哪一套好呢～～」

「我分不出精靈服裝的好壞。要挑鎧甲倒是懂門道……」

「啊，這家店好像有料想到外族客人常會上門，擺了好多種族的服飾耶！肯定也會有適合老大穿的貨色！」

## 3.有用的情報

如捷兒所說，店裡陳列著配合智人及矮人體格縫製的精靈服飾。

話雖如此，看來似乎沒有半獸人合身的尺寸。

即使挑最大號，充其量也只到身高兩公尺左右吧。

「嘖，半獸人是嗎……」

當霸修跟捷兒兩個人正愁挑不到衣服時，老闆從店裡出現了。

店老闆是一名頭戴草冠的男精靈，年齡不詳。

他看了看霸修，態度顯得戒心畢露。

「聽聞那位貴人放了半獸人進城，我還想是什麼樣的人物能夠開此特例，不就是個綠皮種嗎……有膽你就在我店裡頭撒野試試看。別看我這樣，在戰爭中可是殺過好幾隻半獸人祭旗的……」

可是，男精靈朝霸修望了一陣子以後，突然有所警覺。

接著他就開始渾身顫抖。

「那、那位貴人……居然會放你入城……？」

「我不知道你指的是誰，但是在關卡確實有一名女性幫我說話。」

「唔……多麼寬厚的貴人啊……」

店老闆片刻間貌似難掩內心戰慄，然而沒過多久就死心似的嘆了氣。

「所以，你來我店裡做什麼？」

「我來買衣服。因為聽說精靈討厭暴露的裝扮。」

「買衣服，是你要穿？唉，怎樣都好，我這裡可沒有你穿得下的……不對，記得是獨獨有一套。」

店老闆將霸修從頭到腳打量過一遍，然後歪了頭走向店裡。

「這件的話，你是不是勉強穿得下？」

回來的店老闆手裡拿了一套深綠料子繡黑線的精靈服飾。

不過，那衣服的尺寸明顯比其他商品都大。

店老闆用雙手將衣服整件攤開，幾乎就把他自己完全遮住了。

「以前，有個大塊頭的獸人到我店裡訂做衣服，成品出來之後卻說不滿意就沒買。反正以半獸人的體格而言，你也算矮小……啊，不是的，抱、抱歉。拜託別生氣，這話並沒有瞧不起你的意思。只是有的半獸人塊頭確實就是比你大，對吧？」

「我不介意。」

「是、是嗎？了不得。所以我就想，照你這樣是不是勉強穿得下呢？要不你就試穿看看怎樣？」

被店老闆這麼一說，霸修拿了那件衣服。

# 3.有用的情報

接著，他當場脫掉身上衣物，照推薦把那件衣服穿上。

衣服固然穿不慣，但霸修並非不懂得穿法。

話雖如此，那終究是替獸人量身訂做的衣服。儘管勉強套得進去，肩膀與大腿等處都緊巴巴的，衣襬也只有七分長。

「啊～～……」

店老闆看到那樣，臉色就變得略顯慚愧。

他在精靈族中，可也是代代經營服飾店並以此為傲的後裔。

推薦不合身的衣服給客人，形同傷了祖先把店鋪代代傳下來的驕傲。

「我看還是重新做一件……」

「不愧是老大！像老大這等男子漢，穿什麼都有模有樣！果然只要穿的人有內涵，衣服自然就會顯得搭調！我的眼睛真有福氣！太帥了！簡直像是森林裡的獵人。不對，應該叫獵愛好手！帥成這樣，反倒是森林要自己來求你保護才對～～！」

然而，妖精突然大力吹捧，造成店老闆要講的話中斷了。

旁邊有人像這樣毫不保留地誇獎，他想表示不合適也會有所顧忌。

「呃，不過，好像也意外地合適……嗎？」

可是店老闆聽著聽著，想法也逐漸有了改變。

衣襬確實撐得緊繃，不過跟先前半獸人風格的服飾一比較，野蠻感得到了收斂也是千真萬確。

基本上，從店老闆的觀點來看，當智人及矮人穿上精靈服飾時，就有種難以言喻的不協調感。

或許是因為半獸人穿著自族熟悉的衣服，店老闆難免先覺得不協調，然而撇開這點不談，看起來似乎就沒有什麼不合適。

衣襬短跟滿身肌肉的半獸人比較相襯，而且肩膀與大腿的布料偏緊，反倒可說將種族的特色烘托出來了。

「哎，既然客人覺得中意，那再好不過。」

「嗯。我就買這件。」

「好的，價碼是多少來著……我想想……哦？」

霸修從攜帶的行囊取出了某樣東西，然後遞給店老闆。

店老闆接到手裡，並解開外頭綁好的繩子，那東西就現出了全貌。

那是塊毛皮，尺寸跟霸修一般大，或者更甚。

由此可以看出毛皮之主恐怕曾是只能以壯碩魁偉形容的個體。

「這玩意兒是？」

## 3.有用的情報

「熊地精的毛皮。」

「好不氣派。你打來的嗎？」

「對。同時也是過去戰友的遺物。」

「把這樣的東西賣掉，你可覺得妥當？」

「有何不妥？」

霸修納悶，店老闆則對他聳了聳肩。

店老闆不懂半獸人的價值觀，也沒有打算去理解。

這陣子開始與外族交流才讓他知道彼此有別，不過他根本無法理解，也沒必要去理解。

他既沒有要跟外族女子結婚，也不會跟她們一起過生活。

「毛樣上乘，可是有塊大傷痕。拿來抵也找不了錢喔。」

「無所謂。」

霸修說完便撿起自己原本穿的衣服，旋踵離去。

衣服能買到就好，跟男精靈無須多談。

畢竟他要找的只有女精靈。

「……」

買完東西的霸修瀟灑離開，而店老闆只顧目送對方。

霸修走了以後，店內充斥著寂靜。

服飾店別無其他顧客，猶如作夢一般的氣氛支配了現場，唯獨氣派的毛皮顯示出剛才的來客確有其人。

「老公，我問你喔，剛才那個人是？」

從店裡出來的是老闆的太太。

年紀尚輕的她屬於不知戰爭為何物的世代。

「啊……沒什麼，他的為人比我原本想的更正派。」

「我不是問你感想，對方究竟是什麼人啊？他是半獸人吧？你跟他認識？」

「彼此不算認識，以往，我只是在戰場上見過他一面罷了……但無論如何，先去跟托里克普多大人通報一聲應該比較好。我去去就回來。」

「啊，你等一下啦，老公！」

店老闆自顧自地如此會意，就丟下店跑出門了。

◆

回旅舍的霸修聽從捷兒建議，按部就班做好了準備。

## 3.有用的情報

他洗過澡，灑了捷兒帶著的香水，換穿剛買來的衣服。

頭髮抹上香油，再梳理成油頭。

至於為何要梳油頭，這是因為男精靈大多將長髮梳成油頭。

霸修的頭髮並沒有多長。戰時的半獸人往往會剃掉頭髮，而霸修留的髮型也偏短。因此，那模樣有點不稱頭，但總歸仍是顆油頭。

他還去了趟城郊不遠處的花圃，張羅到據說精靈會喜歡的花束。

儀容完美無缺。接下來只剩實踐。

霸修帶著捷兒到了街上。

「聽好嘍，老大，這樣基本上就準備就緒了！再來要多做嘗試！精靈普遍的常識是與一個人廝守終身，所以找太多人搭訕只會搞壞形象，但沒有先跟女方搭上線可就沒戲唱了！總之，老大就去找看起來像是單身的女生搭訕吧！」

「我懂。」

傍晚時分。

白天勞動的人們開始返家的時段。

由於戰後似乎依舊兵員眾多，回城邑的人當中，不乏身穿武裝結夥而行的分子。

當然，霸修找老婆才不管對方從事什麼職業。

身為半獸人英雄的霸修娶精靈族的小兵小卒為妻，或許是會牽涉到半獸人的名譽，然而那對霸修來說並不要緊。

職業這一點根本無足輕重。

說實在的，就算女方無業或繭居在家都無妨。

霸修只求女方肯嫁他，只求能脫處，只求自己別成為魔法戰士。

娶精靈的話，其族中大多是美女，霸修也沒有打算挑三揀四，任何對象他都樂意。

總之，有這麼多女精靈在，總可以期待找到一個對象。

「好，就找那個女孩。」

霸修立刻湊向一名單獨走在路上的女性。

對方將及肩金髮綁到頸後，是個體型修長的精靈。身披在戰場看慣的紅色皮甲，手裡持弓，背後則揹有箭筒。臉上雖有一道較大的燙傷傷疤，但是霸修不介意。

她帶著略顯疲憊的臉孔走在路上，表情卻有幾分溫柔。

霸修憑直覺感受到找她搭訕應該行得通。

「那邊的女孩。」

「唔……你有什麼事？半獸人？」

精靈一目睹霸修的身影就現出戒心，並且一面將腰桿放低一面納悶似的瞇起眼睛。

## 3.有用的情報

然而，當她看出霸修的神色緊張，全身上下都經過打扮，手裡還拿著花束以後，便挑起了其中一邊眉毛。

彷彿有察覺到什麼。

「呃～～怎麼說呢，嗯，其實我……」

「哎呀！不好意思，這位半獸人男士，我沒辦法答應你的邀約喔。」

於是，精靈沒把霸修的話聽完就直接回絕了。

她的表情可用一個詞形容，就是游刃有餘。在霸修眼裡只覺得對方表情可愛，其他女精靈看了卻會氣得想揍那張得意的臉孔。

唉～～！傷腦筋，當美女真辛苦！好苦喔～～有夠辛苦。太有異性緣也是會造成困擾的！她一副像是要這麼自誇的臉。

「唔。」

「啊啊，這位半獸人男士，我並不是嫌棄你喔。來，你看看這個。」

霸修噤了聲，而精靈當著他面前指了自己的頭。

只見那裡有一朵當成髮飾的白花。霸修從花圃摘來的花當中應該也有這種花。

「你似乎不懂，但是訂過婚約的精靈都會像這樣，將白百合花戴在頭上當作髮飾。已婚者同樣會拿白花當髮飾，那種情況倒不是用白百合。據說智人會在左手無名指配戴戒指，這

就是仿效他們的習俗。」

聽對方這麼一說，霸修試著觀察周圍，這才開了竅，大多數女精靈確實頭上都戴著白花當髮飾。

要麼鮮花，要麼花藝品，要麼編好的花環。

而且試著回想，霸修白天遇見的那三名精靈都沒有戴白花。

「雖然我不清楚半獸人對於美醜的觀念……不管怎樣，很高興你願意找像我這樣的女人搭訕。」

「……」

「老實說，換成幾天前的我，或許就會認為找個半獸人當伴也好。不過呢，日前我終於、總算、到底是如願以償地跟男人訂了婚。很抱歉，我沒辦法答應你的求婚。若你能理解就太令人欣慰了。」

「……我明白了。」

霸修退讓之後，精靈露出了略顯意外的表情。

「你還真聽話耶。提到半獸人，外界不是都說你們只要有看中的女人，就絕對不會死心嗎？」

「與他族間的非合意性行為，已經以半獸人王之名嚴令禁止了。」

「原來如此。所以你是覺得死纏爛打到最後，就會被視為未經同意的性行為。」

「有錯嗎？」

「沒有，正確無誤。這位半獸人男士，你滿聰明的嘛。」

精靈點了點頭表示認同。

換成以前的她，大概已經吼道：「哪有半獸人會遵守那種約定！我宰了你！」

然而，她現在心靈有餘裕。

因為她已經訂了婚，正處於幸福巔峰。

她目前是無敵的，對任何事都能寬容以待。

而且，她還很溫柔，溫柔得願意熱心管陌生半獸人的閒事。

「聰明的半獸人男士，我要忠告你一句。」

「忠告？」

「如果你想找對象，可以沿這條街直走，到一間名叫『羌鷲棲木』的酒館。每天都有未婚者聚集在那裡舉辦尋找伴侶的集會。女性的話……唉，因為盡是拖到這個節骨眼也還找不到對象的精靈，每個女的都有些毛病……不過，也許你可以從中找到『將就』的對象，好比我這樣。」

「我知道了。感謝妳提供情報。」

## 3.有用的情報

「沒什麼好謝啦。那我要回家嘍，家裡有達令老公在等我！」

精靈心情大好地沿路離開了。

連蹦帶跳的腳步樂得簡直像要上了天。

「聽見沒有？」

「聽見了！老大！」

霸修目送對方以後，就跟捷兒彼此對看。

第一個對象以撲空告終，卻獲得了兩項有用的情報。

首先，假如女精靈頭上有白花當髮飾，表示向她求愛會被拒絕。這項情報對今後的活動太有用了。只要遵照這一點，撲空的次數便能大幅減少。

再者，還有未婚者們聚在一起找結婚對象的地方。

既然有那種地方，霸修要找到對象應該只是時間的問題。

畢竟霸修正在找妻子，而精靈正在找丈夫。

他雖然有身為半獸人的不利條件，但精靈目前正流行跟異族聯姻。

從智人、獸人乃至公認跟半獸人一樣與精靈水火不容的矮人，都會被接納。

霸修有十二分的勝算。

「走！」

目的地是「羌鷲棲木」。

霸修抖擻得像是以往要上大戰場作戰一樣，去了自己當前所求的戰場。

◇

精靈驀地回過頭。

她的眼簾裡映著霸修邁出大步往酒館去的身影。

對方去的正是剛才自己所指的方向……照這樣看來，那名半獸人會照自己的建議到「羌鷲棲木」。

「真意外，提起半獸人，以往聽說的都是他們只會擄女姦淫，沒想到當中也有人肯接納異族的文化……」

她直到終戰為止都是在對抗魅魔，幾乎沒有跟半獸人交手的經驗。

頂多在大規模決戰時碰過兩三次……話雖如此，她有耳聞半獸人這支種族的風評。

粗野又不把女性當人對待的暴力野蠻生物。半獸人就是這樣。

然而實際講到話的半獸人給她的印象卻相當不同。

「呵，大概每個人都會變吧……就像我一樣……」

## 3.有用的情報

她名叫亞瑟蕾雅。

霸修他們並不知道，她在精靈國曾是出了名的女戰鬥狂。

笑著將魅魔尾巴硬生生扯掉的事蹟，讓軍中眾人替她取了「拔尾巴的亞瑟蕾雅」這個外號。

那過度殘忍的手段與絕情，外加缺乏人性，使她被列為魅魔軍最畏懼的戰士之一。

一直到前些日子，她都還是找老公找得紅了眼的地獄戰士。

說起那模樣，儼然就是頭飢渴的魔獸。

絕招為掐著男方脖子逼迫結婚的「鎖喉求婚」。

當然，成功率是零。

與她共事的女精靈口徑一致地表示：「亞瑟蕾雅要結婚？不不不不不，絕對結不成吧。要說的話，再怎樣我都會比她早吧。」身為精靈，跑徵婚活動跑成這樣也夠慘了。

據說有眾多未婚精靈聽聞這樣的她撈到了婚約，都絕望得哀號。

「呵，既然如此，我想那傢伙也會找到好對象，好比心愛的達令出現在我面前一樣。」

亞瑟蕾雅有男人以後就變了。

她找回了人心。在長年戰爭中受到磨耗的心重獲滋潤，讓她笑得開懷。

她不再盤腿而坐，不再亂摳胯下，用餐時也不再大嚼大嚥地發出聲音了。

她不再到處尋釁惹事，也不再有架就打。就算要打架，下手也不會狠得把昏迷的對手牙齒全部打斷了。

從無法管束的猛獸變成了普通的精靈。

全是託男人之福。

她的男伴在精靈間簡直被奉為神明，還成了受人敬畏的存在，但這暫且不提。

「好啦，趕快回家吧，真期待達令親手做的菜！」

亞瑟蕾雅帶著笑吟吟的臉，踏上返家之路。

# 4.「羌鷲棲木」

「羌鷲棲木」。

走進那棟旅舍的瞬間，霸修感受到了誤闖賭場般的錯覺。

附設的酒館中瀰漫著奇特的緊張感，以及一股劍拔弩張的氣息。

那並非殺氣，性質卻很類似。有種作戰時敵我在互相試探斤兩的跡象。

「半獸人……？對了，聽消息是有一個半獸人入國……歡迎。」

酒館老闆話說完以後，就催促霸修隨便找位子坐。

有吧檯，卻沒有吧檯的座位，酒館裡擺出來的全是一桌一桌的客席。

自己該坐哪裡才好？霸修猶豫過片刻，但立刻就看懂了。男性的座位在門口這邊，女性則會坐到靠內側的座位。

霸修在男方這邊找了個空位就座。

坐在他面前的，是個目光凶悍的女精靈戰士。

髮型屬於往內捲的短髮。

彷彿光用瞪的就能嚇死智人孩童的眼神，以及斜斜地橫跨面孔的傷疤頗具特色。服裝為略顯暴露的禮服，但霸修只瞧了一眼，便看出這名女戰士是個身經百戰的猛將。對方的身手應當與半獸人小隊長同等，或者更強。

她在霸修入座以後，一瞬間曾露出詫異之色，但立刻就轉而端詳霸修的穿著打扮，還跟坐自己隔壁的女客互相使了眼色，並且點點頭。

「日安！這位大爺可真迷人呢。初次見面，我叫恆碧蒂喲～！」

假如老虎刻意學貓啼，大概就會給人這種印象。

霸修不太覺得自己是在跟女性對話，他陷入了好似被猛獸貼近身邊嗅氣味的錯覺。換成平時，霸修會反過來把猛獸制伏，但眼前的是一名女性，他便不知道如何是好。

從未有女性對他如此殷勤，卻又好像不是那麼回事。

霸修決定懷著這種奇妙的心境繼續對話。

「半獸人先生，請問你叫什麼名字？」

「我叫霸修。」

「霸修先生！好動聽的名字！半獸人的名字都這麼好聽，讓人家好煩惱喔～！」

「……是、是嗎？」

又細又尖的講話腔調簡直令人聽了頭疼，霸修覺得頭有點暈。

## 4.「羌鷲棲木」

難不成自己被對方施了魔法？

「啊，有刀疤……你果然是位戰士。過去都在哪座戰場作戰呢？」

「我曾經轉戰各處，但最後就停留在這一帶。我是為保衛國家而戰。」

「也對呢！我真是的，問這什麼不靈光的問題☆」

「妳過去是在哪裡戰鬥？」

「我待過攻陷魅魔國的師團！第三十二突擊分隊！所以不太熟悉你們半獸人……」

自稱恆碧蒂的女戰士說到這裡就咳了一聲。

她連忙喝水，並且「啊～～啊～～」地清嗓，然後才帶著陶醉似的笑容朝霸修望過來。

「因為第一次有半獸人來精靈國旅行……請多告訴我關於你們的事喔☆你為什麼會來這個國家呢？」

「好啊……我來這裡是要找某樣東西。不對，與其說來找東西……」

剛講到這裡，恆碧蒂便挺身向前，將一根手指湊到霸修嘴邊。

她打住了他要說的話。

「不用把話說盡我也懂。你會來這裡，表示在考慮結婚成家吧？」

「……對。」

瞬間被人看透，讓霸修倒抽一口氣。

的確，都跑來這種地方了，很明顯就是要討老婆的吧。

話雖這麼說，霸修本身也沒有隱瞞之意，當然，唯有自己仍為處男這一點要瞞到底就是了。

「不過呢不過呢～～」

恆碧蒂嬌滴滴地歪了頭。

「人家實在不想當半獸人的繁殖奴隸耶。生小孩是可以，但我還是希望保有精靈的習氣，與單一男性廝守終身……」

「沒問題。我只要回到祖國就有相當的地位，妳若嫁我為妻，待遇不會像其他奴隸那樣。我可以保證。」

地位。

這個詞一說出口，恆碧蒂的眼睛似乎就亮了。

「哦～～！霸修先生，難道你在半獸人之中算是滿有權勢的人物嗎？你的階級是？該不會是大戰士長吧？」

「我的階級是戰士。不過……」

「呸！墊底的小角色，那沒啥好說了。」

恆碧蒂聽見霸修回答戰士，頓時啐了一口唾沫。

## 4.「羌鷲棲木」

同時，從她嘴裡冒出了身經百戰者會有的粗聲厲嗓。

聲音變成這樣幾可說是性情丕變，然而霸修聽見她那樣講話，才總算鬆了口氣。

直到前一刻，霸修都還分不出對方是貓是虎。

但現在搞清楚是頭老虎了。那麼，他跟老虎談就好。

「我的階級是戰士，但我在戰時立下功績……」

「沒有人想聽半獸人吹噓當年勇啦。存款呢？」

「什麼存款？」

「我是在問你有多少錢。」

「錢？錢嘛……沒有。」

實際上，霸修只要回國就會被歸為有錢人。

在半獸人國，霸修想要的話，沒有東西是他弄不到的。

話雖如此，半獸人國的主流是以物易物，金錢流通並不廣。

那只會用在與他國交易，日常生活中可以說幾乎用不上。

然而，恆碧蒂對於這類文化上的差異好像並不了解。

「唉～～～～～～免談。換人吧。」

恆碧蒂在大嘆一聲的同時這麼宣布，然後就從座位起身，去了其他地方。

「……？」

霸修不明白她那些舉動的含意。

他只是坐在原位，就等突然起身離開的恆碧蒂回來。然而，恆碧蒂已經坐到另一個座位，跟別的男性聊了起來。

「捷兒，現在我該怎……」

霸修望向捷兒那邊。

至於捷兒嘛，他拿著擺在桌上的蜂蜜酒猛灌，已經完全喝開了。

「所以我就告訴對方啦，用花朵占卜應該要挑紅花才對！結果你猜那傢伙是怎麼說的？那傢伙居然問我：紅花要挑哪一種，紅的有好多種耶。搞笑也要有個限度才對嘛！都說紅花了，當然是只要紅色的花都算數，這還用問！老大，你說對不對！」

捷兒正在跟裝滿鹽巴的瓶子發牢騷。

他應該是派不上用場了。

（這下怎麼辦？）

該去恆碧蒂那邊嗎？還是說……

「你好～～現在換我嘍，半獸人大爺！我叫萊菈可～～！半獸人在這裡有夠罕見，我就忍不住過來找你講話了～～！」

# 4.「羌鷲棲木」

當霸修猶豫時，又有女精靈來了。這次是個似乎能跟翼獅獸打得不分上下的好手。聲音比翼獅獸還要高八度。

「我叫霸修。」

「立刻進入正題吧，霸修先生，你擁有領地一類的資產嗎？」

總之，先忘掉剛才那女的，改陪這女的講話吧。

霸修如此心想，便轉身面向萊菈可。

「我沒有領地。半獸人國的領土都——」

「啊，那就不用多談了，掰掰～」

萊菈可這麼說完，甩一甩手便離開了。

事情發生於轉眼之間。

速度實在太快，剛才那女的甚至在霸修眼底留下了殘影。

究竟什麼跟什麼啊，剛才那女的。

當霸修這麼想的時候，下一個女的又來了。

「您好，我叫絲帕媞菲樂姆！這位半獸人大爺，請容我冒昧問一句喔——」

「呃，沒有，我——」

霸修沒有空遲疑，接到問題就老實地逐一回答了……

◇

後來，霸修的女伴一個換過一個。

光聽如此，會覺得他似乎豔福不淺，可是並沒有那麼快活。

女精靈向霸修提出幾次問題以後，都會立刻走掉。

當人數超過十名時，霸修總算也對這場集會的機制有所理解了。

男方就座，女方向男方發問。確認得到的答覆是否滿足本身開出的條件，不符合就去找下一個男人。

活動便是這麼運作的。

女精靈問的內容大同小異，回答完幾題，她們就馬上離開了。

霸修似乎無權選擇。

對霸修來說，每個女孩他都能接受，因此那倒不成問題……

然而，遲鈍如霸修，被十個女伴甩掉以後，也還是參透其中原因了。

錢。

問題的形式有許多種，但女精靈要的就是錢。雖然也有問到地位或名聲，最後都會歸結在錢上面。

無論霸修再怎麼強調自己在半獸人國是有地位的人物，都沒有女伴願意聽進去，一知道霸修沒錢，對方就會啐他一口然後走掉。女精靈很擅長吐口水。

大約有十個精靈來過又離去之後，霸修身邊便再無芳蹤了。

看來精靈之間已經分享過情報，沒有女伴靠近他這裡。

（精靈跟矮人不同，對錢應該毫無興趣才對。可是，現在怎麼會……）

簡直莫名其妙。

總之沒有女性主動過來找霸修了，她們還露骨地散發出要他別接近的氣場。

霸修無法採取行動，便不假思索地決定用餐。

提到精靈國的餐點，霸修記得都是以樹果或果實為主，近年來大概是接納了外族所致，端出的菜色就有獸肉與烹調過的穀物。

調味是符合精靈喜好的清淡口味，但半獸人基本上不會挑食。

嘗起來好吃歸好吃，霸修內心的疑問還是無法抹去。

「搞不懂，那些女精靈怎麼個個都愛錢……」

「你在問她們為什麼愛錢是嗎～～？」

於是，有一名男子似乎聽見霸修嘀咕，就朝他走了過來。

外表不起眼的男智人。

臉色通紅而且兩眼發直。

他腳步蹣跚地朝霸修走來以後，身子一倒就坐定在旁邊的座位，還故作熟稔地伸手跟霸修勾肩搭背。

霸修並不介意，然而換成在半獸人國的話，這應該屬於會被崇拜霸修的年輕人們圍毆一頓的行為。

對方完全喝醉了。

「要不要我告訴你啊～～？」

那名男子沒等霸修回話就自顧自地講了起來。

「聽好嘍～～？這裡的女精靈啊，大多是在魅魔國作戰的部隊生還者～～」

照男子的說法，狀況是這樣的。

終戰後，精靈國引發了結婚潮。

這波結婚熱潮始自精靈中的富裕階層……也就是精靈貴族之間。

由於女性人數過剩，結婚基本上是男挑女的買方市場，精靈姑娘陸續出嫁從夫。

據說，當時還流行過平民精靈被貴族看中就可以飛上枝頭變鳳凰的夢。

再後來，平民之間也開始結婚了。

## 4.「羌鷲棲木」

然而說到實際的情形，這類結婚絕大多數都是跟親近的熟人湊成對。

所謂親近的熟人，就是指同一支部隊中的生還者，或者留在故鄉的青梅竹馬這種對象。

戰爭結束了，國家又肯幫忙出補助款，再加上風潮正熱，好不容易有這樣的機會，那我們也跟著結婚吧——大致就是這套思路。

喜事連連到最後，剩下了曾在魅魔國作戰的士兵們。

在魅魔國作戰的士兵，編制的人員幾乎全是女性。

考量到魅魔這支種族只要看見男性，就會毫無區別地去勾引他們，並且納為養分，會這樣安排是合情合理的。

當然了，就算精靈的軍隊裡多屬女性，魅魔還是會去找有男人的部隊發動攻擊，將男人擄走。

對魅魔來說，男精靈簡直像看了不流口水都不行的珍饈美味。

結果，精靈國折損了一定程度的男性人口。

女性占的比例從6：4變成了7：3之多。

因此，在魅魔國作戰的女兵們成了滯銷貨。

即使如此，她們仍設法來到了外族男子（尤其是智人）眾多的這片席瓦納西森林，並從事徵婚活動，由脾氣隨和者開始依序修成正果，但……

有人就是嫁不掉。

在性格與外貌上有毛病的人就是嫁不掉。

話雖如此，精靈仍是外表賞心悅目的一支種族。

想娶精靈為妻的男人，全世界都有，尤以智人居多。

所以說，她們也都有機會。說來說去結婚潮尚在，要結婚還有足夠的餘地。

可是，她們有了一個念頭。

受結婚潮影響，連過去在戰場上自己幫忙擦過屁股的毛頭小輩都搶先結了婚，使這些精靈困在某種觀念當中。

那就是，她們已經不能妥協了。

「……然後呢，不妥協怎麼會扯到錢上面？」

「這還用問，因為那些毛頭小輩跟有錢的智人結了婚，過著以往簡樸度日的精靈族根本無法想像的奢華生活啊！」

「原來如此……」

「在這裡徵婚的精靈啊，都想贏過之前看輕的那些毛頭小輩，似乎非要找到比她們更優秀的結婚對象才滿意。最好是貴族或王侯吧，坐擁領土又有錢，可以讓她們一輩子過得安逸優渥……哈，明明那種顯貴不可能會來這種地方。一群可悲的女精靈。」

## 4.「羌鷲棲木」

順帶一提，這男的也是身無分文。

戰爭宣告結束，但他的故鄉已經不在了，無處可歸。雖然打仗有立下相當的功績，戰後裁軍卻讓他丟了飯碗，出身家世又不見經傳，如今他住在小小的破屋，每天靠出外打零工糊口。

結婚對他根本是遙不可及的夢想。

自己過去究竟為何而戰，又為什麼會存活下來呢？

在反覆自問自答的生活中，他耳聞了一項情報，說是精靈歡迎外族男子來當丈夫。

曾於戰爭之際見過的美麗精靈們。

精靈是如此貌美，若能從中娶到一個當老婆，或許自己的人生就會有所改變，或許便可以有個歸宿。

這麼想的他下定決心，打算娶美麗的精靈而來到了這裡。

「不對……」

然而現實是殘忍的。

因為未嫁的精靈全都財迷心竅。

即使他再怎麼強調自己於戰場上的功勞或手腕，還向她們保證結了婚就會守護妻子直到年老逝世，換來的只有嗤之以鼻。畢竟她們可是在更嚴酷的戰場拿下了戰果。

「嗚嗚……最可悲的人是我吧……」

男子回想那些，就哭了出來。

霸修面對突然哭出聲音的男子，則是不知道該怎麼反應。

男子只顧哭哭啼啼，哭完就喝酒，喝完又哭泣。

接著，他忽然抬起臉龐。

其視線前方是剛才冷落霸修的那些精靈。

「老兄，你看……那些精靈……很美吧……」

「……是啊。」

不過，唯獨他所說的話是可以肯定的。

遠遠望去，那些精靈確實美極了。

金色秀髮搭配修長四肢，身段俐落，十足發達的肌肉給人安心感。

或許她們在性格方面確實有毛病，但只要能娶到其中之一，每天想抱就抱，活著便再無怨言。

「只要我有錢，只要我有錢的話……」

「這樣啊，討老婆會需要錢……」

錢。

# 4.「羌鷺棲木」

對以往都活在半獸人社會的霸修來說，那是未知之物。

該怎麼做才能賺到錢，又該怎麼樣增加財富，他完全不懂。

捷兒也許會懂其中竅門，而他目前泡在盛著麥酒的杯子裡面，還幫鹽巴瓶老大擦背，彼此混得可熟了。

「不過，即使說要有錢，討老婆是要多少錢才夠？」

「要多少錢……？嗯～～……不曉得！可是，在很久以前，最先跟精靈結婚的大富豪好像就送了鑲著特大號翡翠的項鍊給對方。而且還不只有翡翠，整條項鍊都綴以金飾，金閃閃的呢！唉，所以嘍，差不多需要那樣的財力吧！沒錯！」

霸修沒聽過此事，這是精靈傳下來的古老童話。

有某個男智人對精靈一見鍾情。

智人向精靈求婚，但自尊心強的精靈當然拒絕了。

可是智人並未放棄，鍥而不捨地追求精靈。

精靈心生厭煩，就出了不講理的難題給男方。

只要你能取得據說位於世上某處的「新綠翡翠」，我便跟你結婚——這是女方開出來的條件。

男人聽完條件後，走遍了全世界，將翡翠找到手。

而且，他還用了旅途中找到的許多寶物做成項鍊，向精靈求婚。

精靈也實在拗不過他這樣追求，就答應了求婚……故事到此結束。

實際上，精靈當中是有幾成女性會嚮往這種以翡翠項鍊相贈的求婚方式。

對精靈來說，那是羅曼蒂克的求婚方式之一。

即使在精靈的首飾店，翡翠項鍊也是時時都會確保有庫存的熱門商品。

「金閃閃的項鍊嗎……」

「唉，別那麼苦惱啦，半獸人老兄。」

「你打算怎麼辦？」

「我？這個嘛，讓我想想。總之，我打算從明天起就去獵喪屍吧？」

「喪屍？」

「你不知道嗎？現在啊，突然有大量喪屍在這座城邑附近出沒，原因倒沒人曉得。還有，每除掉一具喪屍，就可以支領些許獎金。」

「有錢可以拿？」

「對啊，沒錯。」

不錯的情報。

霸修猜想這男的恐怕是打算獵喪屍存錢，藉此買金閃閃的項鍊吧。

## 4.「羌鷲棲木」

順帶一提，其實這男的只是想掙一筆日薪罷了，因為他身無分文。
「總之，看來彼此今天都沒有收穫。我們來喝酒吧，我第一次找半獸人當酒伴。」
「那好吧，我也是第一次陪智人喝酒。」
「哎呀，忘了報上名字，我叫布里茲。」
「我叫霸修。」
聽見彼此名字的那一瞬間，雙方都「嗯？」地歪過頭。
似曾相識的名字。不過，他們倆立刻就拋開這一點，心想：「也罷。」
彼此都長年待在戰場，並且活了下來。只要立過功績，起碼會在傳言中聽到對方的名字吧——這是他們之間的共識。
醉意漸深也有關係。
「敬不受青睞的男人。」
「敬美麗的精靈。」
「乾杯！」
那天，霸修久違地喝了酒。

## 4.「羌鷲棲木」

◇

「唔～～……嘔噁～～……我喝太多了……」

幾小時以後，捷兒捂著陣陣作痛的腦袋爬了起來。

環顧四下，周圍可見的景象仍是在自己有印象的酒館裡。

捷兒醉醒時往往已經被人裝進陌生的瓶子裡，但今天似乎不要緊。

這是當然，畢竟有霸修老大陪著他。

他們剛才還一起洗澡呢。

「哼！」

捷兒捏住鼻子，在身上使了勁。

妖精獨具的光芒變強了一點，霎時間，有東西飄散出來。

這是妖精式醒酒法。

妖精只要用力鼓氣，就能瞬間排出體內的毒素。

「好啦，不知道老大怎麼樣了。」

捷兒尋找半獸人英雄的身影。

不知怎地，他旁邊只有沾滿麥酒的鹽巴瓶。

妖精不會閒到去對鹽巴瓶為什麼沾滿了麥酒抱持疑問。

「哦。」

於是，他發現了。

霸修仍在酒館的中央那一帶慢慢喝酒。

「老大，有沒有找到好對象啊？」

捷兒翩然飛著這麼問，霸修就搖了搖頭。

「沒有。不過，我問到了值得一聽的情報。」

「噢。霸修老大居然會打聽到情報，這下子明天是不是要下雪了啊～～」

「我起碼也懂收集情報，儘管能力不及你。」

「說得也對！老大就是老大嘛！哎呀～～即使我醉倒了，老大一樣能獨力搞定所有事！欸，該讓我表現的機會，老大可別搶過頭喔。假如我失去存在意義，會直接消失不見耶！」

捷兒吹起口哨，還大力抬舉霸修。

無論身處何時何境，他都不忘抬舉別人。

所以捷兒才能將「奉承者捷兒」這個綽號掌握於手。

「所以，老大獲得了什麼情報？有單身女精靈的清單明細嗎？」

## 4.「羌鷲棲木」

「沒，我獲得的並不是清單。不過，我搞清楚單身女精靈向結婚對象要求的是什麼了。我要把那弄到手。」

「哦！表示老大已經研究清楚嘍！不愧是老大！所以說，要有什麼才行呢？」

「要有錢。」

「錢！」

捷兒被點通了。

捷兒是妖精，妖精對錢沒興趣。

然而，並非全體妖精都對錢沒興趣。在妖精當中，也有迷上金幣光澤的傢伙。

捷兒認識的妖精裡，正好有那種傢伙。

會在自己房間裡囤積金沙，還陶醉地望著那些收藏的傢伙。

表示有很多精靈也是那副德性吧。

「不過，老大說的有錢，有滿多種形式吧。是要礦石還是金幣呢……」

霸修對這個疑問也備妥解答了。

他已經從先前醉倒睡在酒館角落的男子口中問到了答案。

「嗯，聽說最先跟精靈結婚的智人富豪，求婚之際就送了附有特大號翡翠的金閃閃項鍊來表示自己的心意。」

「原來如此！換句話說，老大只要買條金閃閃的項鍊……」

「就能娶精靈當老婆！」

沒那回事。

對精靈來說，贈與翡翠項鍊確實是件羅曼蒂克的事。

然而，在這裡徵婚的精靈會希望男方有錢，說穿了就是要他們的財富。

吃要吃得豐盛，穿要穿得時髦，住氣派的豪宅，僕人成排任憑差遣。女精靈要的是足以實現這種高生活水準的財富。

可是，捷兒本身對錢也不算熟悉。

何況情報是從霸修那裡間接聽來的，他難免以為事情就這麼單純。

「話雖如此，老大打算用什麼方式賺錢呢？」

「嗯，傳聞在席瓦納西森林，有某種東西突然大量出沒，目前很缺人手。」

「什麼東西突然出沒？」

「喪屍。喪屍正大量出沒，驅逐起來很費工夫。」

「啊～～！這麼說來，我們到這裡的途中就有看見嘛！」

「似乎每驅逐一具喪屍，就能領到一些錢。」

「我覺得事情變簡單好懂了耶！」

# 4.「羌鷺棲木」

如此這般，半獸人英雄決意要狩獵喪屍打零工。

喪屍的性命可說已成為風中殘燭。

不對，它們早沒命了。

「老大，那我們立刻去宰喪屍吧！喪屍在晚上行動比較活躍，我們要趕快動身……哎呀，還得回旅舍拿裝備才可以！好不容易買到這一身漂亮的行頭，弄髒了也不好！」

「對，先回旅舍吧！」

霸修跟捷兒互相點頭，然後離開了即將打烊的酒館。

■

離開酒館，太陽已完全西沉，周圍早就一片昏暗。

然而有月光，再加上各處似乎都用魔法點了燈，倒不至於看不見腳下。

以往是沒有這類照明用具的。

精靈靠魔法即可於夜裡視物。森林在白天也有許多陰暗處，精靈特別喜歡陰暗的樹蔭。

他們絕不點燈，連火都不用。

精靈是黑暗中的潛伏者。半獸人對他們的觀感便是如此。

不過，霸修認為實情絕非這樣。

精靈們反而比智人更加偏好明亮的地方。

只是在戰爭下迫不得已，才需要潛伏。

證據在於那群曾像快樂殺人狂的精靈對待霸修都比想像的還要平易近人。

在戰時，精靈根本沒有像那樣對待過半獸人。

全是些揮劍施法殺紅了眼的凶狠之輩。

一面對霸修，他們便會臭罵、鄙視或威嚇。

然而，光是戰爭結束就有這麼大的轉變。

想到這裡，霸修內心不由得萌生一股暖意。

「所以——是怎樣！」

「可是——」

「啥！你這傢伙，想跟我——」

忽然間，心有所思的霸修耳裡似乎聽見了有人起口角。

不對，與其說起口角，感覺比較像其中一邊正在發牢騷，另一邊則開口安撫。

霸修望向聲音傳來的方位。

於是有一對男女正朝他走過來。

## 4.「羌鷲棲木」

「說起來，為什麼那些傢伙都沒辦法自己做決定！你也這麼認為吧？對不對？」
「索妮雅大人，那是因為妳以往告誡過『要貫徹自我』。」
「……呃，可是那點小事總該自己判斷吧？居然爭來爭去像小娃兒一樣嘰嘰喳喳地弄得這麼晚！搞什麼嘛！難道長不大嗎！」
「若由下級決定什麼事可以自己拿主意，組織便無法成立……索妮雅大人，這也是妳告誡過的。」
「咕唔唔。」
其中一邊身穿精靈軍的制服，是個男子。
另一邊則穿著深綠色長袍，三角尖帽深戴到眼前。
然而，霸修在意的並不是他們的服裝。
「唔。」
這時候，女方注意到霸修了。
「是你……！」
女子立刻擺出架勢，把手伸向腰際的法杖。
對此，霸修立刻交抱雙臂。這是半獸人表達自己並無敵對之意的方式。
「……」

對方是個貌美的精靈。

鼻子高挺，藍眼細長清秀，下巴尖而突出，還有對長耳朵。臉蛋嬌小，胸脯也符合精靈的玲瓏體型。金髮髮質柔順，在月光映照下看起來閃閃動人。

霸修當然對她有印象。是入國之際幫自己說話的那個精靈。

此外，男方就是當時擔任車夫的人物。

美麗的精靈。

霸修當然也在意對方的長相，但他最在意的是另一個部位。

（老大，老大！）

妖精開始對霸修耳語。

（老大請看，那個女的頭上！沒有花！她是單身！）

（是啊，我明白！）

霸修看著女方的頭。

頭上理應會有象徵已婚的花飾……可是並沒有。

尚未結婚。這位美麗的精靈。

（現在怎麼辦？）

（老大冷靜，猴急可不行。這時候要慎重……先感謝她在入國時幫的忙吧。）

## 4.「羌鷺棲木」

（我懂了。）

霸修點點頭，並向看似納悶的女子致意。

「入國之際受妳關照了，我要鄭重道謝。」

霸修一面跟捷兒小聲商量，一面看著女子，目光始終沒有從她身上移開。

女子也看出來了。眼前的半獸人交抱雙臂，而且目光都沒有從自己身上移開。可見對方有所提防。女子心想「誰怕誰」的同時，卻沒有採取動作。

因為她總不能主動出手。

「哼！沒、沒什麼大不了的。現今的精靈，就連半獸人都願意接納。畢竟戰爭已經結束了，你說對吧？」

「正是如此。」

隨從迅速低下頭。

然而，其視線並未離開霸修。他的眼睛彷彿要將霸修瞪穿。

男子的言外之意是：敢妄動就殺了你。霸修當然也習慣那樣的視線了，對霸修來說跟普通眼光沒有兩樣。

「不過，有些令人在意呢！」

女子所說的話讓霸修的心頭蹦了一下。

「在意？妳在意我嗎？」

「沒、沒錯！」

霸修心跳加速。

會不會連在戰場上都沒有脈搏這麼快的紀錄？如此心想的霸修心臟狂跳，還反問對方一句。

接著，他瞥向捷兒那邊。

（老大，女方對你有意思！）

捷兒豎起了拇指。

「怎麼個在意？」

「你來這裡……究竟是要做什麼？」

「妳問我來做什麼？」

「是、是啊。你的身分已經洩底了。半獸人英雄霸修，半獸人族舉足輕重的人物。你會離開國家，還來到精靈國，是有什麼樣的企圖！說啊！」

話說到最後，口氣已經形同恫嚇。

然而，霸修是半獸人族的戰士，當然就覺得恫嚇與正常對話無異。

更重要的是，女子對自己有興趣，這讓霸修感到欣喜。

## 4.「羌鷲棲木」

「嗯，這個嘛……」

有希望，對方也對霸修抱有興趣。

那就沒什麼好遲疑了。

求婚，然後上床。

話雖如此，霸修也知道當下離那一步還早。先前他才因為沒錢而被十個女精靈甩掉，即使現在突然求婚，顯然也不會順利。該怎麼向對方說明呢……

（欸欸欸，老大。）

霸修有所遲疑，捷兒就找他講起悄悄話。

（怎樣？）

（我在想，老大要不要先鎖定這個女孩當目標？）

（鎖定目標？這話什麼意思？）

（精靈是一夫一妻制，女性會跟一名男性廝守終身。而且，她們當然也會希望男方能專情。）

（你想說什麼？）

（從現在起，老大就不要亂槍打鳥，向這個感覺對你有意思的女孩求婚就好！這樣成功率肯定會提升！）

（原來如此！）

眼前的女精靈未婚，還對自己有意思。前所未有的大好形勢。

有這種對象，盡可能提升向她求婚的成功率是合理的思維。

（話雖如此，老大別趕著現在求婚比較好。我們還沒有弄到金閃閃項鍊。先含糊其辭把目的帶過，並且讓女方知道老大也對她有意思，等存錢買了金閃閃項鍊後，再向她求婚……我們就照這樣的流程走吧！）

（我懂了！）

霸修心想。

捷兒果真厲害。在戰場上，他被捷兒的這種機靈救了好幾次。

雖然被捷兒害得身陷困境的頻率也差不多高，但霸修是個豁達大度的男人，他不會計較那種小事。

「目的是嗎……」

「沒錯，說出你的目的！」

「……那麼，我可以先告訴妳的，只有一點。」

表達自己對女方有興趣。

要怎麼說？

## 4.「羌鷲棲木」

霸修從來沒有像這樣全力運作腦袋。他一面發揮在智人國學到的經驗一面選擇用詞。

「聽著，我還會來見妳。」

「咦！你說……來見我？」

這句話讓精靈睜大了眼睛。

「什麼意思！給我說清楚！」

「呵，妳遲早會懂……」

霸修這麼說完就旋踵離去。

既有神祕感又大方。這是霸修在智人國的要塞都市克拉塞爾學到的經驗。

而且他表現出自己對女方有興趣，也含糊帶過了目的。

（答得好耶，老大！這樣就行了！）

完美。

霸修是這麼認為。

捷兒同樣這麼認為。

他們兩個都對這次的邂逅感到有希望，還急著趕回旅舍，就為了趕緊出發去狩獵喪屍。

◆

女子目睹霸修消失在黑夜以後，便戰慄似的嘀咕了一句。

「莫名其妙……」

莫名其妙。

只有女方如此心想。那當然了。

她握緊拳頭，氣得跺腳。

「可惡！搞什麼嘛！難道他真有什麼企圖！有企圖就不該用那種語氣講話吧！聲稱自己是來旅行的就好了嘛！要瞞就瞞好啊！你也是這麼想的吧？說啊！」

「是……索妮雅大人，妳說得對。不過，半獸人英雄私訪他國，即使有不可告人的理由也不足為奇。話雖這麼說，對方會不會是被索妮雅大人用那種方式詢問，無法坦言不能奉告，才那樣回話的？畢竟，半獸人本來就不算擅於說謊的種族。」

「怎麼？難道你想說是我有錯嗎！」

「不，我怎麼敢。」

被女子一瞪，男子聳了聳肩。

「總之！既然知道那傢伙有所企圖，千萬不能放鬆對他的監視！」

「是，遵命。不過，萬一那傢伙真的又來，會不會就是為了殺害索妮雅大人？殺害知道

## 4.「羌鷲棲木」

他有所企圖的索妮雅大人。哎，雖然我也算是知情者就是了……」

男子說的話讓女方臉色蒼白。

半獸人英雄霸修。了解其強悍的人，任誰都會露出這種臉。

然而，她使勁甩甩頭，並且握拳。

「就算那樣，我總不能逃避。再怎麼說，我可是精靈族的英雄……桑德索妮雅。」

女子……桑德索妮雅在月光下，一邊望著自己的拳頭一邊這麼說道。

## 5. 桑德索妮雅的煩惱

霸修抵達席瓦納西森林後，過了七天。

席瓦納西大樹。

其最高層的一處房間裡有一名精靈。

金髮長度及腰；身穿深綠色長袍，頭上則戴著寬邊尖帽。

她坐在窗邊，眼神憂鬱地望著外頭。

窗外是席瓦納西城邑的夜景。能照亮森林深處的魔法之光並不耀眼，但要供人們生活已足夠明亮。對她來說，這種恰到好處的明亮堪稱和平象徵。

在戰時，總會覺得火光太亮，要不就是潛伏於黑暗當中。

然而，她望著窗外，似乎並沒有沉浸於那片和平景象。

話雖如此，她也不是在觀察窗面的自身倒影自娛。

要說她在擔憂精靈的將來，以思路而言並不算離得太遠，著眼點的方向卻差了十萬八千里。

# 5.桑德索妮雅的煩惱

「唉……」

她名為桑德索妮雅。

周遭的精靈會懷著親暱之情稱她「索妮雅大人」。

打倒惡魔王的大英雄之一，精靈族大魔導桑德索妮雅。

她是精靈國最偉大的英雄。

地位、名譽、領地、爵位……看似擁有一切的她，內心有著煩惱。

「我又被甩了……」

沒錯，她單身未婚。

「是姑奶奶的眼光太高了。何必特地去搭訕為敦睦邦誼而來的智人貴族呢……」

守在她房間入口的是一名男精靈。

他名叫托里克普多。

與毒草同名（註：日文「トリカブト」為「烏頭屬」）的他是精靈軍的上校，輩分相當於索妮雅的姪孫。換句話說，就是姪子的兒子。

他身為上校，肩負一項工作是要護衛堪稱精靈國最高戰力的人物。

即使稱作護衛，他身為文官所做的事情頂多算個學徒或隨從。

「誰教那些男精靈都不肯理我，有什麼辦法！還有你別叫我姑奶奶！」

桑德索妮雅。

今年，她將滿一千兩百歲。

精靈中最為年長者。

精靈的壽命約為五百歲。

桑德索妮雅會活了比正常多一倍的年齡，自有其理由。

距今九百年前。

精靈國曾陷入當代無法想像的絕境。

村莊被燒燬，領土遭到侵略，士兵身亡，孩童也遭戰火剝奪歡笑。

當時是族長女兒的索妮雅認為再這樣下去精靈將會覆滅。

索妮雅屬於天生奇才。

她被視為得雷精厚愛的驕子，備受精靈國全體上下期待。

實際上，沒有任何一名精靈覺得自己在戰場敵得過她。

其過人的雷魔法能讓所有強敵化為焦炭，甚至可以擋下行進的大軍。

維持住前線的功臣就是她。

然而，如此善戰的她也已年逾三百歲。

精靈的全盛期公認是從一百到兩百歲。

## 5.桑德索妮雅的煩惱

之後到四百歲這段期間，臂力與魔力將逐漸衰退，四百歲以上就會被視為老人。自己的全盛期早就過去了。

索妮雅已有開始衰退的自覺。這樣的話，精靈國的前線遲早會支持不住才對。

等在前頭的結局是精靈滅族。

索妮雅思量到這些，就動用了禁咒。

精靈自古相傳的長生不老咒。

她對自己下了那道詛咒。

結果索妮雅變回一百歲左右的年輕精靈，從此固定於那個年齡。

取回全盛期魔力的索妮雅成了精靈軍領袖，還花了兩百年歲月讓精靈軍重整旗鼓，逼退敵軍。

之後她更持續上前線，終至與他國的英雄合力擊敗惡魔王。

正可謂大英雄。

這樣的她也有著與生俱來的人性。看到戰爭結束後的結婚潮，她心想：

既然和平了，我也差不多該找個伴了吧！

可是，她已經一千兩百歲了。

況且索妮雅貴為大英雄，還是精靈國舉足輕重的人物。

根本沒有男精靈敢跟她交往，畢竟她太偉大，年齡也太高。
順帶一提，索妮雅連潮流都沒有趕上。
配得上她的男性，在精靈國已經一個都不剩了。
但內情並非只有如此。
她之所以抓不到對象結婚，其實還有一個理由。
「可惡，都是那傢伙害的……」
「妳是說『席瓦納西森林的惡夢』嗎？」
「沒錯，那個讓我深惡痛絕的臭半獸人！」
「席瓦納西森林的惡夢」。
被如此命名的事件，對精靈們來說是一場難以忘懷的變故。
聯軍打倒惡魔王格帝古茲以後，精靈軍與智人合力包抄，打算順勢剿滅半獸人。
然而，就有一名戰士擋到氣勢如虹的精靈軍面前。
半獸人英雄霸修。
他跟以往的索妮雅一樣站在前線，以過人實力打敗了精靈與智人。
不擊敗這名男子，就無法拿下席瓦納西森林。
但是霸修實在太強，其強猛足以令對陣的將兵戰死九成，剩下的一成則會在內心留下陰

## 5.桑德索妮雅的煩惱

影……

要打倒他，感覺根本不可能。

於是精靈族大魔導桑德索妮雅出面了。彷彿英雄就該由英雄來對付，她與霸修挑起了戰端。

戰鬥持續了三天三夜。

索妮雅施展的雷魔法燒遍森林，電光撕裂天空毫不停歇。

霸修揮的劍砍倒了巨木，怒號撼動大地。

戰況簡直可以用天崩地裂來形容。

有一名精靈族的將士在旁看著。戰鬥必須有人負責見證。

而且，他目睹了極其慘烈的景象。

雙方戰到最後……

在電光與怒號停下以後。

……站著的那一方，是霸修。

索妮雅倒在霸修面前，失去了意識。

女精靈倒在半獸人面前，會有什麼後果？

不用說，她會被帶走，並且直接淪為性奴隸，替半獸人產子直到絕命。

萬眾景仰的索妮雅將成為階下囚。

精靈族的英雄，堪稱精靈族的象徵性人物，會淪為半獸人的奴隸。

唯有這一點，不管怎樣都要避免。

假如索妮雅淪為奴隸，還帶著空洞的眼神懷了半獸人的小孩，被將兵們看見可不是士氣下滑就能了事的。

全體精靈軍難保不會分崩離析。

如此擔憂的將士準備衝上去，就目睹了令人驚訝的景象。

沒想到半獸人旋踵以後，居然直接離去了。

看都不看索妮雅。

不只那名將士，在場的眾多士兵也都目睹了那一幕。

將士感到莫名其妙，但還是先把索妮雅帶回去，並且將自身所見如實報告上級。

上級有意隱瞞桑德索妮雅敗陣的消息。

可是，其他士兵也看見了，情報斷無可能不外洩。

桑德索妮雅敗陣的消息會傳遍精靈軍全軍。

『席瓦納西森林讓聯軍作了一場惡夢。精靈族大魔導桑德索妮雅敗陣。』

聽聞消息的士兵們陷入絕望。

# 5.桑德索妮雅的煩惱

威名遠播的索妮雅大人竟會敗給敵方。

更有甚者，她居然還被半獸人擄去，淪為性奴隸⋯⋯

即使戰爭打贏了，發生這種變故⋯⋯簡直就是一場惡夢！

精靈國的士兵們預料過如此絕望的局面，新的情報又傳進他們耳裡。

不，索妮雅大人好像沒被帶走耶。

士兵們陷入混亂了。

咦？為什麼？該不會是隨侍的護衛驚險地把她救了出來？

不是。

怎麼會？對方是半獸人耶。正常來想，沒有擄走敗將也會當場性侵吧。像我之前就被半獸人硬上了，雖然被擄走之前有救兵趕到。

詳情沒人曉得，但是索妮雅大人好像就那樣被擱下了。

難道說，她身上散發著一股外表看不出的老人味？

哈哈，瞎扯什麼嘛，超逗的。

這樣的對話在各處出現，精靈之間就產生了一種定論。

『桑德索妮雅大人外表年輕歸年輕，身上卻有連半獸人都敬而遠之的老人味。』

就這樣，索妮雅成了「臭到讓半獸人鼻子歪掉的女人」。

完全被當成賠錢貨。

話說，結婚會考慮這樣的對象嗎？不不不，那怎麼行，有違常情吧。

這就是另一個「桑德索妮雅結不了婚的理由」。

總而言之，索妮雅便將眼光放諸國外，到智人國找對象了。

智人的壽命頂多八十歲。

在他們看來，兩百～三百歲的精靈，應該跟一千兩百～一千三百歲的精靈差不了多少吧——索妮雅打的主意就是如此。

但是，結果她慘敗而歸。

「席瓦納西森林的惡夢」也傳到了智人耳裡。

即使個性內向的索妮雅有意無意想將話題帶到結婚那方面，男人們也都會露骨地躲躲閃閃。

想當然耳，那只是桑德索妮雅自己的觀感，男人躲閃另有真正的理由就是了……

總之，桑德索妮雅痛恨那個傳言。

她當然也明白。

無論是精靈的結婚潮，或者「席瓦納西森林的惡夢」的傳言，都屬於過渡性產物。

既然她活了一千兩百年之久，精靈族內已經世代輪替過好幾次。

# 5.桑德索妮雅的煩惱

更遑論在這段期間不曉得會輪替幾代的智人。
世代一變，流行也會跟著轉變。
就算是在戰時，流行依然有其興廢。
過個二十年便能讓人們忘記傳言，智人經過世代交替，應該就會出現願意跟索妮雅結婚的人。
過個一百年，精靈也要世代交替，同樣會有人願意跟索妮雅結婚吧。
靠著長生不老的禁咒，索妮雅可以一直活到被人殺害為止，這點歲月對她來說算是轉眼即逝。
但是，桑德索妮雅有個想法。
她總覺得，那樣自己不就等於輸了嗎？不就等於承認了嗎？
承認自己身上有股連半獸人聞到都會鼻子歪掉的老人味。
才沒有那種事呢！都給我靠過來聞聞看！
為了否定傳言，這陣子我可是連香水都不擦的！索妮雅如此心想。
當然，不管實際上有什麼樣的味道，傳言仍是傳言。
傳言不會說消失就消失。
扯來扯去，全都是那個男的，半獸人英雄霸修害的。

都是因為他沒把桑德索妮雅擄走，才會害她苦惱。

當然了，若是被擄去當性奴隸，大概就要被迫體驗真正的惡夢吧……

即使如此，對方總可以打聲招呼嘛。

相隔這麼久，日前見面時卻連一句問候也沒有。

呃，雖然彼此並無互相問候的交情就是了。

就算不存在交情，看了人家的臉都沒有反應又是怎麼回事？

照托里克普多的說法，霸修與馬車錯身而過時，只是愣著一張臉目送而已。

明明一般的半獸人看到索妮雅從眼前走過，就會鼓起胯下之雄風，伸出舌頭在脣邊舔幾圈……

不對，話說回來，那已經是滿久以前的事了。

半獸人最後一次對索妮雅擺出那種態度，是在她規劃重建精靈國以前，半獸人國曾猛烈進犯的年頭……說穿了就是索妮雅年輕的時候。

當索妮雅察覺時，半獸人已經變成一見到她就喪膽，或是帶著覺悟捨命的神情挑起死戰了。

近幾百年來，她根本沒看過半獸人舐脣的模樣。

話雖如此，現在戰爭已經結束。

## 5.桑德索妮雅的煩惱

據說半獸人的性情也變得溫和許多。

那麼，對她現出胯下雄風再加舐脣又有何妨呢？

還是說，難道自己身上真的開始冒出老人味了……

霸修的態度足以讓索妮雅感到憂慮。

可是，桑德索妮雅不會讓憂慮顯露在外，因為她是精靈族大魔導，精靈中的英雄。身為精靈象徵人物的她，是不能讓部下看見自己在憂慮的。

「基本上，那傢伙來我國做什麼！你有派兵監視吧！情況怎麼樣了！」

「據報他頭一天只顧收集情資，之後好像都在森林狩獵喪屍。」

「狩獵喪屍？為什麼？」

「不清楚。或許是為了賺取到下個城鎮的路費。」

「荒謬，那才不可能！他可是聲明過會來見我耶！」

「話是這麼說沒錯，但他目前所做的就只有驅除喪屍。」

霸修抵達城邑後過了七天。

據說頭一天他是在城裡到處打聽過什麼，但目前只往返於旅舍與森林的外頭。

安分到了詭異的程度。

霸修也沒有惹事，每天都過得端端正正。

簡直不像一個半獸人。

「不過，坦白講，我聽到了坊間的風聲，說是有個不知道打哪裡來的半獸人正在協助殲滅喪屍。當中不乏誇獎之詞，認為半獸人也挺有本事。實際上，多虧有他出力，喪屍數量在這七天內大幅減少了。軍方甚至在動議討論，想一舉殲滅喪屍，趁現在發動掃蕩作戰會不會正是時候。」

「你別把那傢伙捧得太高……」

「的確，過去有眾多同胞都是被他所殺……」

「笨。我不是那個意思。波兒也跟大家說過吧，亡者不能無人緬懷，卻要淡忘他們死於誰手。禍根不可留。」

現任精靈王諾斯波爾於和平之際，曾向全體精靈宣達一道命令。

那就是不要恨戰爭中的對手。

恨意會再次引發戰爭。若談到有誰被殺，對方肯定也會回嘴。

廝殺是雙向的，彼此手上都染了血。

要不恨應該是一件困難的事，但是冤冤相報該就此打住。

與外族的結婚潮也助長了這種理念，然而正因為眾人願意遵循這道命令，原本性情排外的精靈才會對外族寬容。

# 5.桑德索妮雅的煩惱

即使霸修進了城，也沒有受到跟克拉塞爾那次一樣露骨的待遇，就是拜此所賜。

哎，雖然這座城邑裡跟半獸人國抗戰過的士兵不多也是原因。

「桑德索妮雅大人，這話就矛盾了。我可以稱讚他嗎？還是不應該呢？」

「囉嗦。我自己也知道矛盾，但是聽了心情很複雜啊……」

索妮雅「唉」地嘆了口氣。

總之，事已至此，那就沒辦法了。

「好吧，先不管那傢伙。仔細想想，假如他真的懷有歹念，應該也不會對我擺出那種若有深意的態度。」

霸修到城裡時讓索妮雅慌了，聽他說還會見面則是引起恐懼，然而，總覺得這件事已經順著喉嚨下肚。胃裡固然感覺不對勁，既然對方沒有搞鬼，現狀就是索妮雅什麼也不能做。

說起來，雖然她恨傳言，卻沒有恨霸修的意思。

畢竟錯在自己敗了陣。

更重要的是，她希望設法抹拭這不名譽的傳言。

索妮雅當下確切的心願便是如此。

不過，該怎麼做才好？如今就算打倒霸修，傳言也不可能消失。

總不可能回頭向霸修拜託：「請侵犯我。」

「可惡的智人！」

到最後，桑德索妮雅的矛頭就轉向了智人。

「明明平時都目中無人，居然對精靈陪小心。來個人抱著玩火的心態跟我交往看看也可以吧！傳言立刻就會被證明全是假的，再說我為愛付出可是至死不渝！我都已經付出一千兩百年的生命給精靈國了！區區五六十年，用來陪伴丈夫又算得了什麼！智人最喜歡讓女性隨侍在旁吧！尤其是高嶺之花！那我不是絕佳的對象嗎！你說啊！」

「自稱高嶺之花好嗎？」

「難道我不算嗎！要說的話，雖然我的實際年齡是一千兩百歲，不過外表都還保持在一百歲，而且魔法幾乎無一不會，還有豐富知識！政治方面也略通，連要經營領地都可以當顧問！這樣夠格當高嶺之花吧？對啦，我是沒有那方面的經驗，可是男智人就喜歡這樣的吧！我可沒有忘記，六百年前有個將軍趁同盟國之便，就跑來精靈軍的陣地玩遍了處女！」

索妮雅一想到拿霸修沒轍，就談起以往甩掉自己的那些男人。

托里克普多聽了，也只能露出苦笑。

托里克普多認為只要索妮雅像剛才那樣拚命懇求，總有一個男智人願意跟她交往才對。

但是，她到了男人面前便不會這樣講話。

桑德索妮雅本就內向，考慮到精靈族大魔導的身分，難免會擺出與地位相符的風範。

## 5.桑德索妮雅的煩惱

簡而言之，她會忍不住擺架子。

男智人不至於蠢到去追求像她這樣一名具風範的精靈族英雄，還自以為能抱得美人歸。要是壞了她的心情，難保不會演變成精靈族向智人開戰。

智人國會在索妮雅造訪時奉她為上賓，待遇等同國家重要人物，何有找她當床伴之理。

桑德索妮雅以為是老人味的傳言讓智人疏遠她，事實卻是這麼回事。

「啊，對了。托里克普多，不然你娶我吧？」

突如其來的提議使得托里克普多板起了臉。

「拜託饒了我。」

托里克普多最久遠的記憶，是桑德索妮雅幫他換尿布的那一幕。

桑德索妮雅一邊換尿布，還一邊告訴托里克普多的母親：「包在我身上，無論是妳，還有妳的母親，都讓我換過尿布。我就像族裡的奶媽一樣。」話語間滿是自豪。

從那時候到現在，對托里克普多來說，桑德索妮雅一直是受全族人仰賴的老婆婆。

當然，他從未對她懷有戀愛之情。那不可能。

「現在，我已經有心儀的對象。」

「怎麼，原來你有情人啦！什麼嘛，既然這樣早說啊！對方是哪一家的女兒？嗯？不容易追求嗎？要我替你說媒也是可以的喔。哎，總不會是魅魔吧，那我可不能接受。我會以自身的權柄將你逐出族內……這樣你才方便離國。放心，我觀念很開明。你覺得如何？」

「對方是獸人王所生的三女兒，伊瑞菈公主……這件事還在多方協調，因此不能讓情報外流。」

「咦～原來你喜歡那種女孩啊！話說這事我可沒聽過，所謂的協調，是要讓你升官好配得上對方，還有發表訂婚的期程一類對吧？咦？我都沒聽說耶！」

「父親囑咐過，桑德索妮雅大人容易把事說溜嘴，所以要我絕口不提……」

「既然如此，你現在也不該講吧！以往你都學了些什麼！難道連機密保防有多重要也不懂嗎！你說啊！」

真麻煩……如此心想的托里克普多嘆了氣。於是，有一隻貓頭鷹停在窗框上，還發出啼聲啄了啄窗戶。

只見牠腳上似乎綁著東西。

「嗯？有信。」

索妮雅開窗讓貓頭鷹停到自己的手臂上，並且取下綁在牠腳上的東西。

一封信函。

「嗯，是欽兒寄來的。」

「欽憲嘉中將嗎，寫了些什麼？」

「信裡寫到，在喪屍當中發現有巫妖的存在。」

「妳說……巫妖？既然這樣，不就表示近幾年有喪屍作亂都是……」

「不會錯。難怪再怎麼將它們驅除，之後還是會冒出來。」

所謂的死靈，原本是會自然湧現的東西。

懷著深痛恨意或懊悔的死者甦醒後，就會攻擊活人。

話雖如此，只要打倒過一次，它們便無從復活。

順帶一提，據說化為喪屍者的魂魄將被打碎，再也不會進入輪迴轉世。

可是，若有巫妖在，那又另當別論。

死靈中位階最高的巫妖可以收集被打碎的魂魄，讓喪屍再次復活。

換言之，只要有巫妖在，喪屍就不會從出沒的地帶消失。

「信裡寫到五天後將有掃蕩喪屍的大規模作戰，所以希望我們能協助。他希望我們現在就出席作戰會議。」

「但現在已是半夜。」

「工作可勤快呢。不過，既然發現有巫妖，這件事確實是當務之急。」

精靈族的軍方能力優秀。

戰爭結束至今才三年。

## 5.桑德索妮雅的煩惱

累積了好幾千年的應變知識依舊健在。

發動攻擊時，就該以最大戰力一舉攻陷敵方。

精靈族軍方並未小覷討伐喪屍之事，已決定出動席瓦納西森林方面軍的第二大隊。

第二大隊在精靈軍當中，尤以魔法兵為編制的重心。

對付喪屍，用炎魔法效果特佳。

軍方的用意應當是要藉這次機會，將其一舉驅除。

「然而，要舉行大規模的掃蕩作戰，半獸人英雄的動向便令人介意……或許他會趁我方出兵的期間採取行動。」

「嗯～～……但是看不出他有什麼可疑之處，也只能姑且擱置吧。剛才我也提過，假如他真的打算作惡，就不會專程來找我才對。」

「這樣好嗎，不先對他使手段？」

「喂，你這麼說不就好像平常我都會對看不順眼的人使手段嗎！先聲明，我可沒有對人使手段的習慣！」

雙方拌嘴的無聊互動，只有貓頭鷹歪著頭看在眼裡。

「總之，我立刻就去欽兒那裡，你快做準備。」

「我了解了。」

「嗯。我同樣有事要準備，一小時後再過來叫我，懂嗎？」

「是！」

托里克普多一面點頭一面離開房間。

# 閑話〈桑德索妮雅出行的準備〉

女性做準備是費時的。

終戰後，由於女性做準備比男性費工夫的狀況多了，社會上開始有這種說法。

當然，在戰時沒有這回事。

凡事都要在睡前先做完準備，士兵的優秀程度取決於應變速度有多快。

當中並無男女之分。

畢竟男女皆有被死亡造訪的那一刻。

面臨死期才說「由於準備不足，想重新來過」是行不通的。

桑德索妮雅身為優秀的戰士亦不例外，她屬於準備迅速的類型。

若有戰事爆發，她除了衣服以外不會多帶其他行頭，嘴裡叼起預先藏在懷裡的口糧便飛奔趕去，帶著滿身汙泥與煤灰衝鋒於戰場，回來後就吃頓飯，拿塊口糧收進懷裡，然後直接入睡。

睡眠必不可缺，就寢時法杖與口糧常伴左右。

儘管有時候出席典禮一類的活動也會打扮整齊，但她就是有恆處戰場的心態，就是一個做準備不多浪費工夫的女人。

起初她並非如此，但是經歷過好幾座非得這麼要求自己才能存活下來的戰場以後，結果就變成這樣了。

而這樣的桑德索妮雅改變了。

自從戰爭結束，她在外出之際變得一定要花一個小時以上的時間做準備。

起因正是那一樁事件……沒錯，「席瓦納西森林的惡夢」所致。

「那麼——」

在桑德索妮雅眼前有特別向智人鐵匠訂製的浴缸。

它散發著黃褐色光澤，內側繪有小型魔法陣，一眼就可以看出是魔法具。

桑德索妮雅觸碰其中一邊的魔法陣並灌入魔力，浴缸便在轉眼間注滿了熱水。

她把手伸進熱水，確認過熱度以後點了點頭。

「好。」

桑德索妮雅輕解羅衫，然後將衣物扔進籃子裡。

那副纖瘦柔韌的肢體在精靈當中並不算豐腴，但現場要是有未脫處的半獸人，保證會受到吸引而變成禽獸。

## 閑話〈桑德索妮雅出行的準備〉

將那樣的身軀泡進浴缸之前……她蹲到浴缸旁邊，望了望擺放在旁的幾只小瓶子。

黃色、綠色、桃紅色……小瓶子裡面裝著五顏六色的液體，反射了光線像寶石一樣晶瑩發亮。

桑德索妮雅從中拿了兩只瓶子，並且認真比較內容物。

「選哪一邊才好呢……？說到氣味方面嘛，還是獸人出產的比較好嗎？不對，可是這種東西從以前就已經公認要取自妖精才算最上乘的貨色……」

桑德索妮雅感到煩惱，風從縫隙吹入撫過了她的身體。

「哈啾！」

她打了個大叔般的噴嚏，這才判斷再煩惱也沒完沒了。其中一邊的小瓶子被擱下，另一邊的蓋子則被打開，內容物就這麼倒進了浴缸當中。

接著她拿浴缸旁邊的棍子攪拌裡頭，浴缸裡便湧出了泡泡。

忙到這時候，桑德索妮雅才總算泡進洗澡水。

「……呼～～」

又熱又舒服的洗澡水讓桑德索妮雅吁了口氣。

然而，她的表情並沒有放鬆。

她帶著認真無比的表情，像是要將溶有液體的洗澡水擦進身體，伸指撫過寸寸肌膚。

腋下與耳朵後面，洗得格外仔細。

桑德索妮雅拌入洗澡水的液體……是獸人族相傳之物。

獸人鼻子靈敏。他們即使在黑夜中，也能輕易靠氣味發現敵人。

正因為獸人是這樣的種族，更不會小看對手的嗅覺。

尤其是擅於暗殺與斥候的夜狼師團，其成員在作戰前會用特殊的肥皂洗澡，將體味完全去除的做法就很有名。

桑德索妮雅用的正是那種皂液。

只要用這種皂液，哪怕對方是獸人，若沒有極為靠近就不會被聞出氣味。

它就是如此強效的氣味消除液。

「大概這樣就好了吧。」

足足花了約三十分鐘用洗澡水擦洗自己身體的桑德索妮雅如此說完以後，就觸碰了位於浴缸底部的魔法陣。

她灌入魔力以後，浴缸的洗澡水漸漸減少，一下子就排光了。

當桑德索妮雅帶著暖呼呼冒熱氣的肢體踏出浴缸……

她再一次觸碰浴缸的魔法陣，在裡面放了熱水。

手裡則拿起了跟剛才不一樣的小瓶子。

# 閑話〈桑德索妮雅出行的準備〉

又過了三十分鐘，洗得乾乾淨淨的桑德索妮雅就在那裡。

靠著強效氣味消除液去除體味，還用智人生產的高級肥皂洗遍身體。

即使她真的有老人味，幾小時內也絕不會讓人聞出來。當中甚至可以窺見這樣的覺悟。

「嗯～～……」

身穿內衣的桑德索妮雅身體散發熱氣，一邊猶豫。

在她眼前，有各種顏色的小瓶子。

其數目遠超過二十種。

跟之前摻進洗澡水裡的東西類似，成分卻不一樣的那些液體，就是俗稱的「香水」。

「要擦嗎……？」

桑德索妮雅介意自己的體味。

所以直到去年，她洗完澡都會猛擦香水。

可是，某一天她卻耳聞這樣的傳言。

『我說，索妮雅大人身上的香水味真重耶。』

『那是不是想掩飾自己的老人味啊？』

『果然是因為身上有味道～～』

只是用了香水來掩飾自己的體味，其實還是有味道的吧。

有如此的傳言。

那種傳言對桑德索妮雅造成了打擊。

不過在受到打擊的同時，她也有所理解。

要是身上香水味太重，就無法分辨自己是否真的沒臭味。

實際上，在戰爭中就有好些日子不太能洗澡，當她自己都覺得有味道時，也是會用這種方式來掩飾體臭。

所以從那天起，桑德索妮雅就不擦香水，僅用氣味消除液與肥皂了。

對桑德索妮雅來說，那是勇敢的行為。要是不擦真的會臭，她恐怕就無法振作了。

她在想今天是否也要那樣。

可是，霸修的存在無論如何都令她介意。

雖然介意霸修的存在與香水完全扯不上關係，會希望稍微掩飾體味當保險的念頭，卻從心裡湧了出來。

當然，桑德索妮雅不臭，聞起來應該只有肥皂的清香。沒錯，所以，這終究只算保險。

「擦一點不要緊吧？嗯。」

桑德索妮雅自我說服似的這麼說以後，就從裝香水的小瓶子當中，拿了一只在戰時也有用過的鍾愛貨色，朝著頸邊抹了一點點。

## 閑話〈桑德索妮雅出行的準備〉

■

就這樣，桑德索妮雅完成準備了。

要說只是洗了澡也無法反駁，何況智人的貴族在這方面應該更費時間。

然而在曉得桑德索妮雅以前行事有多迅速的人看來，就慢到令人擔心她是不是發生什麼事了。

話雖如此，也有人對那種慢感到習慣了。

正是托里克普多。

他看到桑德索妮雅從房裡出來，心想「總算好了嗎」而嘆氣。

「讓你久等，托里克普多，我們走。」

「是！」

他低下頭，並追隨於大步走去的桑德索妮雅身後。

於是，從桑德索妮雅的頭髮飄來了一股柔和的香味。

那是托里克普多小時候聞過好幾次的香味。

恐怕每個精靈都聞過一次，那種令人安心的香味。

「……呃，索妮雅大人。」

「怎、怎樣？我偶爾擦個香水，沒什麼不好吧。」

「這次的作戰會議，與會者恐怕全都已婚。搶人丈夫怕是有違禮法。」

「誰要搶啊，傻瓜！」

桑德索妮雅氣沖沖地加快腳步。

托里克普多也跟在後頭。

他心裡還想著，索妮雅大人今天同樣拚命呢……

# 6. 半獸人喪屍

戰後，各國都著手進行裁軍是眾所皆知的事實。

戰敗國自不用說，為了避免引發下一波戰爭，就連戰勝國也將兵力縮減到協議過的數量。雖稱作協議過的數量，與戰敗國相比仍是天壤之別。

席瓦納西森林方面軍，是設想到半獸人武裝暴動與智人進犯才派駐的軍團。

以各自從國境進犯的智人與半獸人為假想敵，部署了兩支大隊。

其兵力約為一千兩百員。

第一大隊是以弓兵為主的大隊，七百多員。

第二大隊則是以魔法兵為主的大隊，五百多員。

這種現象並非精靈軍獨有，但裁軍後仍留在軍隊裡的人員，要不是除了上陣作戰外別無所長的天生士兵，就是能力被軍方看重而受到慰留的菁英人才占大多數。

換言之，目前各國軍隊皆為精銳中的精銳。

尤其是精靈軍，由於其壽命長，像智人那樣為下一代儲備戰力的觀念就較為淡薄。軍中幾無新兵，全屬一路奮鬥至終戰的老鳥。

打過終戰前夕激戰的第二大隊五百多員精銳。

用這人數對付區區喪屍可說是誇張了。

縱使有巫妖在，派一百員人手就已經足夠。

然而，絕不輕敵的慎重態度還有定要將敵擊潰的霹靂手段，兩者交集便是明智的選擇。

於是在抵達喪屍出沒的現場後，身為第二大隊長官的欽憲嘉中將採取了偵察行動。

偵察用了十支小隊執行。

偵察隊以主隊為中心呈放射狀散開，每隔一百公尺就劃下魔法陣。

這道魔法陣可感測周圍五十公尺的動態反應，幾分鐘後即失效。

大隊藉魔法陣確認過安全，便會推進五十公尺，並且召回偵察隊。

召回的偵察隊會再次呈放射狀散開，劃下魔法陣。

反覆執行到遇敵為止。

「第三箭來報，發現敵人。喪屍五、骷髏怪三。」

「將其擊破。」

發現敵人的瞬間，偵察隊便轉為游擊隊，偕同主隊挾擊或包圍，進行各個擊破。

這一連串流程稱作「精靈鋒矢」，是精靈族的傳統戰術。

## 6.半獸人喪屍

「第六箭來報，發現敵方大將。巫妖一，喪屍、骷髏怪合計一百以上！」

「好，將巫妖擊破，連同死靈一塊殲滅。」

「精靈鋒矢」也有幾個弱點。

被戳中弱點而落敗的戰役少之又少，即使用雙手指頭都數得出來。

不過，擊退喪屍用這套戰術可以說是最佳解。

「那麼，桑德索妮雅大人，麻煩妳了。」

「嗯，交給我！巫妖等級的死靈，我除過好幾次！小事一件！」

桑德索妮雅自信滿滿的嗓音迴盪於森林。

精靈族英雄所說的話，讓大隊士氣昂揚。

三年來，久未發生的大隊規模戰鬥……

然而不要緊，對手終究是群喪屍。我方則是打過那場戰爭，還存活下來的精銳。

何況，我方還有桑德索妮雅隨隊參戰。縱使落於劣勢，英雄也會代為決勝負。

我軍將獲得勝利。

精靈們心裡的那一絲擔憂得到抹拭，只覺慷慨激昂。

既然如此，擊退喪屍也就等同單純的行軍了。

「全軍，展開攻擊！」

「噢噢噢噢噢噢噢噢！」

吶喊聲出現，精靈們開始進攻了。

精靈們把握了充分勝算來執行作戰。

充分的兵力，充分的訓練度。指揮官既優秀又不會掉以輕心。士氣高昂，話雖如此也沒有貪功的愚昧之輩。死靈有何弱點已經周知，更採取了依循其弱點的戰術。

全無會敗的要素。

若要說有唯一的失算……

頂多就是他們忘了在終戰之前，有何方人物戰死於席瓦納西森林。

◇

另一方面，在同一時刻。

陰暗的席瓦納西森林一角。

當精靈們無聲無息地持續偵察時，在寂靜更甚的樹林死角。

該處的地面忽然隆起了。

有東西從地面底下爬了出來。

## 6.半獸人喪屍

它一邊灑落濕潤的土粒，一邊站起身。

高度約三公尺。

足以令人覺得半獸人不過爾爾的身影。

其身影為人型，相當於眼睛的部位有著炯炯發亮的紅光。

是具喪屍。

喪屍起身後並未撫去塵土，而是環顧四周，望向某一處，接著就停下了動作。

「噢噢，噢噢，你們可有看見，戰士們！」

有道嗓音在席瓦納西森林響起。

低沉，破碎，彷彿由地獄底部傳來的呼告聲。

「吾輩看得清楚！那正是可憎精靈的軍勢！往日都潛伏於黑暗當中，而未能認清的卑鄙者背影！」

它在生前，應該曾有一具魁梧的肉體。

近三公尺高，相較下連巨人族都不過爾爾的巨軀，即使腐敗潰爛，那粗壯的手臂、粗壯的雙腿仍可看出其肌肉於生前硬如鋼鐵。

儘管左手肘以下已成斷臂，右手卻握著形同鐵塊的巨大戰鎚。

以鏽鎧包覆那身殘肢敗軀的喪屍笑了笑。

「噢噢，看啊！看啊！這景致好不美妙！諸君也這麼認為吧！」

不知不覺……不知不覺中，在它背後，有喪屍站著。

並非一具或兩具。不下數百的大群喪屍站在那裡。

在它們當中，多得是早就沒有眼球的屍首。

然而，散發詭異紅光的某種物體卻讓它們保有眼界。

全體喪屍都朝著同一方向。夜能視物的眼界裡，映有可憎的精靈軍勢。

「何不引吭長笑！過去落敗的我們，將要笑迎雪恥的機會！」

喪屍舉起了戰鎚。

間隔片刻，其餘喪屍同樣舉起了各自的武器。

折斷、碎裂、生鏽的劍與斧，好似長年埋在土中的兵器。然而，那些兵器也蘊藏著紅色凶光。

「還有，我們何不感謝！感謝那狡佞多謀，給了我等第二次機會的甘達庫薩！」

周圍的其他喪屍沒有發出聲音。

所謂的喪屍大多不會講話，頂多只會發出「啊～～」或「唔～～」之類的呻吟。

能講話的喪屍屬於高階存在……再不然，就是經過訓練的喪屍。

「再來，我們何不懊悔！懊悔吾輩不懂得重用甘達庫薩，而且直到最後都不肯聽取他的意見！」

# 6.半獸人喪屍

它們心知肚明。

此刻，我等要祕密行事。

要悄悄展開行動，無聲無息地收拾對手。

沒錯，就像以往精靈軍勢對我們所做的那樣。

腦漿早已腐敗，根本毫無思考能力，肉體卻是記得的。

被砍下的首級，被捅破的心臟，被刺穿的肺葉，都明白這是怎麼一回事。

這次輪到我們反攻了。

「進軍吧！戰士們！何不讓我們一塊踏平那些可憎的精靈！」

巨大的喪屍一聲令下，其餘喪屍便開始動作。

手腳迅速，而又悄然無聲。

◇

最先察覺到「它們」的是一名偵察獵兵，當時他正在部隊後方回復魔力。

其長長的耳朵，捕捉到了從後方接近而來的腳步聲。

# 6.半獸人喪屍

怪了，自己後方理應並無友軍。

既然如此，莫非是席瓦納西森林邑加派了人手增援？

或者說，來的是傳令兵？

如此心想的精靈回頭望去，映入他眼裡的是身軀已經腐爛，活動起來仍異常敏捷的半獸人喪屍身影。

那名偵察獵兵是五十年資歷的戰場老鳥。

他發現那具半獸人喪屍，在半獸人當中屬於為數不多的刺客，更注意到對方腐爛的身軀顏色泛黃。

還有，他也在一瞬間理解半獸人手持的短劍避無可避，應會插進自己的喉嚨。

「敵襲——」

原本想盡最後義務而發出的聲音並未成句。

短劍割開喉嚨，鮮血取代聲音灑了出來。

儘管精靈受了致命傷，還是想要打探從背後現身的半獸人喪屍有何玄機。

對方從哪裡出現？之前又躲在哪裡？

「……！」

難逃一死的精靈動起眼睛，求的是盡可能多打探情報。

於是，他發現了。

半獸人喪屍的背後。

在那裡，有大群喪屍正要進逼而來。

成群喪屍當中，有一名敵兵立起了旗幟。破破爛爛，已經不留原形的旗幟。

然而，精靈還記得，他看過那面旗幟。

過去在席瓦納西森林殞命的半獸人大將軍所用的軍旗……

「嘎……」

回想到這裡，刺客的短劍已深達延髓，精靈的意識隨之消失。

◆

「你說背後出現敵軍？數量呢！」

「是！恐怕不下一千名！」

「……傷亡呢！」

「偵察獵兵有半數戰死……傷亡甚為慘重。」

欽憲嘉中將接到部下的報告，因而瞪大了眼睛。

# 6.半獸人喪屍

突然間，有喪屍集團從精靈軍背後出現。

回神過來時，正在回復魔力的偵察獵兵已經戰死大半，成了不歸之人。

剛鳌清面前巫妖率領的喪屍為三百具左右，還思索要如何殲滅敵方才能不折損自軍兵力，進而討伐巫妖，隨即就發生了這種狀況。

察覺得太晚了。

或許是自認絕不會看漏人數足以構成威脅的軍勢所致，對於背後的警戒就鬆懈了。

「怎麼會，敵方從哪裡出現的？」

「只知道它們突然就湧來了……」

「唔！」

欽憲嘉中將急了。

敵軍人數眾多，又不知道從何而來。我方遭受奇襲，傷亡甚為慘重。

陷入這種狀況時，該採取的行動是撤退。不管三七二十一，拋開顏面只顧逃就好。

「……」

撤退。

那是欽憲嘉的判斷。可是，欽憲嘉的第六感卻告訴他，那會有危險。

一旦開始撤退，全軍將如數陣亡——他有這樣的直覺。

「……簡直跟那時候一樣，不是嗎？」

欽憲嘉腦裡浮現的景象，是大約一百年前。

他尚未升為中將，仍擔任中校的時候。

欽憲嘉的父親奇薩沙凱中將，曾經身陷與此類似的局面。

奇薩沙凱中將在當年精靈軍具備出眾的決策速度，是被譽為精靈軍最捷將領的人物。

而他遭遇敵軍挾擊，下達指示撤退。

結果，他的隊伍受到包圍，全軍覆沒了。

欽憲嘉就在山丘上目睹了自始至終的過程。

所以他明白。奇薩沙凱遭受挾擊時的那場撤退戰，指揮上毫無失誤。

在那種狀況下，奇薩沙凱做了最正確的選擇。

只不過，敵軍的行動像是摸透了奇薩沙凱的思路。欽憲嘉一邊從上頭看著，一邊也喊了好幾次「不能往那裡逃」。

不久，奇薩沙凱帶領的隊伍就窮途末路，全數陣亡了。

這一次，跟當時有同樣的跡象。

他們非撤退不可。

然而，逃錯方向就會全滅。

# 6.半獸人喪屍

但自己現在該往哪裡逃才對？

以常理來講，應該派最低限度的兵力擋下背後敵軍，同時直搗前方的巫妖，再順勢以突破的方式帶兵撤離才對。

可是，敵人從後方來襲。既然如此，前方的巫妖便有可能是幌子。

用最快速度找出巫妖並將其打倒，這是擊退死靈的最佳解。

巫妖究竟在前方，還是後方？

該逃的是巫妖所在的方向。

敗北將在誤判時成為定局。

只要有巫妖在，死靈想復甦幾次都不成問題。面對能無限重生的敵人還嘗試突圍，根本愚不可及。那會形成任敵軍長時間挾擊的局面，造成慘重的傷亡才對。

沒錯，就像過去的奇薩沙凱中將一樣。

「……」

欽憲嘉詳加思考。

基本上，對敵軍發出這些指示的是誰？

死靈的指揮官是巫妖。然而，巫妖理應在前方不是嗎？

明明得立刻下達撤退的指示才行，情報卻太過稀缺而無法下指示。

「中將！請指示我們！」

欽憲嘉做不出指示。

時間寶貴。如果不立刻行動，包圍網自會縮小，最後將連可逃之處都失去吧。

即使想法有誤，還是得指揮些什麼才行。

心裡頭明白這些，話卻說不出口……

「喂，欽兒！」

這時候，呼喚欽憲嘉中將的聲音傳來了。

只有一個人敢將身經百戰的中將呼來喚去，口氣跟叫小孩一樣。

回頭望去，有一名魔法師在那裡。一名金髮飄逸，身穿深綠色長袍的精靈。

「索妮雅大人……」

「喪屍八成是躲在土裡，算準我們通過的時間才冒了出來！跟奇薩小寶那次一樣！敵方行動相當有組織！」

欽憲嘉認出桑德索妮雅的身影，就發現自己內心鬆了口氣。

精靈族英雄。

一旁還能看見自己的外甥托里克普多正在保護她。

外甥是個慣於搬弄口舌的男子，但現在似乎有自知之明，便噤聲不語。或許是多慮吧，

# 6.半獸人喪屍

欽憲嘉覺得他臉上也顯露著不安的神情。

他是名文官，上戰場的經驗也不多，應該都沒有像這樣陷入困境的經驗。

「我明白！可是，我軍現在無處可退……」

「別將事情想複雜了！那正是敵人的意圖！」

「話雖如此，不思考就會重蹈我父親的覆轍啊！」

「笨！你以為在這裡的是誰！」

桑德索妮雅挺起平坦胸脯。聽了她說的話，欽憲嘉才想到。

對啊，在這裡的是桑德索妮雅。

精靈族大魔導桑德索妮雅。

將千種魔法操之在手的絕代魔法師，同時也是終結戰爭的中心人物。

精靈族英雄，最強的魔法高人。

「我來打通突圍的路，殿後也順便由我包辦！放心，我絕對會讓你回到家！」

「……」

「欽兒，畢竟你才剛娶可愛的老婆！明明戰爭都結束了，你可不能死在這種地方！你絕對要回去！還有，其他士兵也得由你負責帶回去才行！懂嗎！」

欽憲嘉聽完這些話，感覺眼眶熱了起來。

是啊，沒有錯。這一位總是如此。從自己還小的時候便是如此。

她把全體精靈當成家人，還記得所有族人的名字。遇到狀況時就會率先出面，並且挺身保護大家。

所以她才會是精靈族的英雄，所以大家才會把她的話聽進心裡。

「喂，你聽懂了嗎！回話！」

「是！我明白了！我欽憲嘉會帶領眾人逃離！」

「很好，說得中聽！那我們準備突圍！」

問題在於從哪裡突圍，但欽憲嘉早就做好覺悟了。

既然鼎鼎大名的精靈族英雄肯出全力助戰，要從哪裡突圍都無所謂。

那就不用多猶豫了。往家所在的方向去。

「全軍轉進！朝著從背後現身的喪屍兵團殺出去！」

「是！」

部下們拔腿衝鋒。

命令已經下達，欽憲嘉不會再迷惘。前進的方向若有巫妖就將其打倒，假如它身處另一側，日後召集有十足勝算的兵力，便可與敵人再戰。

應該會有相當多的部下戰死。自己將被究責，肯定要降級。

或許自己會被迫就此退役。

但就算那樣，還是能避開全滅。只要隊伍沒有潰亡，把情報帶回本國，就是我方的勝利。

精靈會戰勝的。

他們根本不會輸給區區喪屍。

「進攻！」

精靈的吶喊聲響遍了四周。

◇

欽憲嘉在撤退戰開始後，立刻就察覺到敵軍的成員偏向單一。

即使說偏向單一，那依舊是死靈組成的軍團。

骷髏怪、喪屍、大群的幽魂……

雖然沒有吸血鬼或無頭騎士一類的強悍個體，但既然是巫妖操控的軍團，那倒不算什麼離奇的狀況。

巫妖屬於最高階的死靈，然而它能喚醒的，終究僅限骷髏怪或喪屍這種程度的低階死靈。

問題並不在那裡，而是——

骷髏怪與喪屍的種族。換句話說，就是屍首原本所屬的種族。

它們都屬於……

「……這不全是半獸人嗎？」

欽憲嘉親上前線，並且一邊用火球轟向逼近而來的成群喪屍，一邊嘀咕。

半獸人喪屍，或者半獸人骷髏怪。

這支喪屍軍團，幾乎只以半獸人的屍首組成。

連不時飛來的幽魂，也長成半獸人的模樣。

不對，這本身並不算怪事。

這裡是席瓦納西森林，半獸人與精靈最後相爭的激戰地。半獸人喪屍數量會偏多，是合情合理的演變。

然而，欽憲嘉一直有不祥的預感。

席瓦納西森林。

突然從背後冒出的敵軍。以半獸人來講算得上統率有方的帶兵方式。

而且仔細端詳……就會看出那些半獸人喪屍都穿著同款鎧甲。

## 6.半獸人喪屍

每件裝備都破破爛爛，並不好分辨，但確實是同款鎧甲。武器也有統一感。

還有，欽憲嘉看過那些裝備。

要忘也忘不了，那是超過三年前的事了。

「好，欽兒！這樣我們應能突破包圍！」

一旁的桑德索妮雅似乎沒有發現。

她施展比任何人都高強的魔法，在轉眼間截斷敵陣，讓部隊接連推進。

每當她揮動法杖，便有名不虛傳的電光飛馳，將喪屍轟成焦炭，將骷髏怪打成骨灰，將幽魂蒸散成煙。

雖然其活躍程度不負精靈族英雄之名，欽憲嘉也曉得他這位姑奶奶少根筋。

「不，姑奶奶，我有種不祥的預——」

「別叫我姑奶奶！小心我把你最後一次尿床的事蹟講給你那些部下聽！這樣你無所謂嗎！說啊！」

「是、是我失禮了。可是，索妮雅大人，我有種不祥的預感。請務必小心！」

「哼，這種程度的喪屍兵團，就算再來一萬具，我也可以輕鬆突圍給全軍看！欸，托里克普多，你說是吧？」

「這、這我承擔不起……！」

外甥已經上氣不接下氣了。

換成平時，欽憲嘉應該會斥責他這個外甥不夠爭氣，這樣子還算驕傲地從那場戰爭活下來的精靈族戰士嗎？

可是，話雖這麼說，欽憲嘉自己也氣喘吁吁了。

這也難怪。半獸人喪屍與半獸人骷髏怪組成的兵團。

從字面上解讀，會覺得是一群行動遲緩的死靈，但它們並未失去半獸人的膂力。

只來一具的話就可以用打帶跑戰術，要對付有得是方法，但此刻敵兵的數量眾多。

面對湧來的兵團，非得硬著頭皮對陣才行。

原本半獸人這支種族，無論在交戰中形勢是勝是負，隨著戰鬥拖久，他們的人數都會越來越少。

尤其是與外表美麗的精靈作戰，有戰果的半獸人都會先從戰場上離去。

挑起戰鬥，打了勝仗，他們自然要好好享受那些當戰利品帶回去的女精靈。

因此與半獸人作戰的準則，就有一條是設法打長期戰。

當然，若放著被帶走的女精靈不管，她們將會生出半獸人的小孩，因此抗戰的一方非得盡快採取下一步才行，但基本上戰鬥拖得越久便對戰局越有利。

然而，欽憲嘉對抗的這支兵團卻不會減少。

# 6.半獸人喪屍

明明是在跟半獸人交戰，對方採取的也都是半獸人戰術，用來對付半獸人的準則卻不管用。

非但如此，理應打倒過的個體隔一陣子又會復活，並重新加入戰線。

畢竟它們是由巫妖領軍。

因此，欽憲嘉從未打過如此吃力的一仗。

半獸人在戰爭中輸了。可是，那並不是因為半獸人弱。

他們反而是強大的。即使有實力的戰士為了侵犯女性就依序脫離戰線，餘兵仍強到可以跟敵人繼續打。

半獸人變成喪屍以後，身為戰士的力量有所下降。

正因如此，精靈軍還能跟它們周旋，但人數上仍有不利之處。

照這樣下去，假如花費過多時間突圍，或許會……

「唔！欽兒！還說什麼不祥的預感！看來我們押對寶了！」

突然間，桑德索妮雅欣喜似的叫了出來。

欽憲嘉看向她那邊，就發現她伸手指了半獸人兵團中的某一點。

在那裡，可看見一道明顯有異樣的死靈身影。

身披破爛的黑外套，拄著長杖而立，姿勢駝背的喪屍。

眼裡炯炯地散發通紅光芒，嘴邊則有綠色黏液牽絲流下。

嘀嘀咕咕冒出的聲音，不知道是喉嚨開孔外洩的風聲，還是對他人的咒詛。

其臉孔太過異常，變樣過了頭的一張臉。

欽憲嘉對那有印象。

「……大戰士長甘達庫薩！」

大戰士長甘達庫薩。

被鎮守席瓦納西森林的半獸人大將軍巴拉班將軍任作副官的半獸人法師。

同時，也是戰死於這座席瓦納西森林的男人。

正是在席瓦納西森林的最後一場攻防戰……

「是那傢伙啊……哎，要說半獸人之中有誰能成為巫妖，頂多只有那傢伙嘛。好，總之只要打倒它，這場騷動便能平息。包在我身上就對了！」

巫妖是魔法能力本就突出者在喪命之後才會變成的死靈。

甘達庫薩在半獸人族中，曾為格外擅使魔法的一員。

對方具備成為巫妖的足夠實力，這是以往實際交手過的欽憲嘉與桑德索妮雅都相當清楚的。

談及其魔法的火候，即使獲封「半獸人將軍(General)」也不奇怪。

## 6.半獸人喪屍

順帶一提，他們倆並不知情，半獸人法師的地位之所以偏低，是因為活到三十歲都未能脫處。

半獸人法師將寶貴的青春時期獻給了國家而受到尊敬，但就算那樣，也無法抵銷掉他們到三十歲都還是處男的事實。

「……」

於是，當桑德索妮雅準備前往甘達庫薩身邊時，他便將吐出的咒詛打住，並且抬起臉孔。

對方望向桑德索妮雅，嘀咕出她的名字。

「精靈族大魔導，桑德索妮雅。」

「唔？」

在他臉上的是笑意。

身為半獸人，同時還是具喪屍的他，在看見桑德索妮雅以後，露出了笑意。

「咯、咯咯、咯咯咯咯咯。很好，很好很好，虧妳識破了……我的幻術……識破了誘餌的存在……」

從腐爛的喉嚨裡發出了夾雜水聲的嗓音。

宛如從無底沼澤傳來，令人不安的說話聲。

「哼，就憑你，休想讓我軍中計！你們說對吧！」

桑德索妮雅回過頭。

托里克普多和欽憲嘉都點頭表示正是如此。

縱使他們並沒有識破敵人的用意，既然自軍總大將在耀武揚威，就要跟著幫腔。

畢竟這樣能防止士氣低落，當然要這麼做。

不用說，平時的話他們都會顧左右而言他。

「算帳的時候到了，甘達庫薩。我會實實在在地送你去冥府。」

「咯咯咯咯咯，咯咯，愚蠢，愚蠢至極，桑德索妮雅。」

「你、你說誰愚蠢！別瞧不起人！」

桑德索妮雅帶著「我沒搞錯什麼吧？對吧？」的意思回頭。

她以為背後的兩人當然也會跟著幫腔，然而，被周圍喪屍纏住的那兩人都各自忙於應付，桑德索妮雅就轉回去面對甘達庫薩了。

「咯咯，妳應該是以為沒中誘敵之計就能贏吧？」

「我即使中了也照樣能贏。再怎麼說，我可是精靈族大魔導，桑德索妮雅！」

「愚昧！」

甘達庫薩舉杖戳向了地面。

# 6.半獸人喪屍

「什麼把戲……」

桑德索妮雅以為對方施了什麼魔法，頓時擺出架勢備戰，現場卻沒有魔法生效的跡象。

然而，她卻感受到不尋常的氣息。

首先感受到的，是威迫感。有某種強大得無以復加的存在正朝著這裡接近。那令桑德索妮雅豎起汗毛，握著法杖的手不由自主地用力。

「嗅嗅，嗅嗅，嗅嗅嗅嗅嗅嗅！」

喪屍蠢動的森林裡，傳出了一陣格外宏亮的吼聲。

在靜得詭異的喪屍兵團中，僅有一處發出聲音。

吼聲之主一邊劈啪作響地推倒群樹，一邊朝桑德索妮雅的位置接近而來……

「桑德索妮雅啊啊啊啊啊！」

從腐爛聲帶吼出的不快字音。

大樹隨之拔起，有一具半獸人喪屍現身了。

即使以半獸人來看也太過高大的體格。

巨軀近三公尺高。腐爛歸腐爛，具躍動感的動作卻實在不讓人覺得失去了力量。

特徵在於長了好幾道尖刺的金屬鎧甲，還有彷彿食人魔會拿的沉鐵戰鎚。

桑德索妮雅對那些全都有印象。

「氏族長巴拉班大將軍……！」

對方是以往統管席瓦納西森林這一帶部族的大將軍。

負責鎮守席瓦納西森林的最終防線，而後戰死於精靈軍之手，堪稱半獸人族最後堡壘。

果敢而勇猛，半獸人族裡任誰都要景仰這位戰士中的戰士。

地位被視為僅次於半獸人王的族中巨頭。

「嗅嗅嗅啊啊啊啊啊，我要宰了妳，一雪過去敗北之恥——！」

龐大身軀發出怒號。

其過人的聲量令大地撼動，草木不寧。

而且周圍那些半獸人喪屍體內蘊藏的紅光變得更亮了。

「咯，咯咯，咯……妳將命終於此，桑德索妮雅。」

「夠了，多來一個半獸人將軍又能奈我何！別瞧不起人！」

桑德索妮雅如此吼道，然後就揮下了自己的法杖。

「『雷霆衝擊』！」

在全力揮杖的同時便以無唱誦形式施展出來的魔法，是桑德索妮雅的拿手招式。

十二道雷槍瞬間凝聚成形，並且以驚人的速度殺向巴拉班將軍。

在命中的同一時間，雷轟震耳欲聾，將周圍染成全白。

## 6.半獸人喪屍

間隔短瞬，爆壓掃向四周。

電流滲入空氣，讓桑德索妮雅的頭髮翩然飄起。

「怎麼樣，一招就能打敗你吧！」

喪屍怕的是火。

然而，轟雷對它們並非不管用。憑桑德索妮雅這等魔法，即使是擁有近二十公尺長巨軀的龍族喪屍，也會一擊化作焦炭。

她發出的雷電是世界最強。

「噢噢噢啊啊啊！」

「唔喔！」

桑德索妮雅及時躲過了突然朝自己進逼的戰鎚。

戰鎚在桑德索妮雅原本所站的地面捶出大塊缺口，揚起了沙塵。

「咦？」

桑德索妮雅帶著疑惑的聲音看向雷槍著彈點，從沙塵中出現的，是巴拉班將軍幾乎未受損傷的身影。

當然了，甘達庫薩也毫無損傷。

「咯，咯咯，咯咯，此身已成巫妖，魔法對我全無效用。」

巫妖具備極高的魔法抗性。

不僅如此，甘達庫薩為對付精靈，還學了高階的魔法屏障。

雷霆衝擊無法成為決定性的一擊也可說是當然吧。

而且，巴拉班將軍身上當然也施有魔法屏障。除此之外，巴拉班將軍身上穿的那套鎧甲

——塗上黃與紅色塗料的那套鎧甲。

「抗性塗料嗎？」

「咯咯咯咯咯。」

甘達庫薩笑了笑。

用在鎧甲上的，是矮人發明出來的抗性塗料。

紅色抗火，黃色抗雷，藍色抗寒氣，綠色抗土，各有對應屬性。

製作法是機密中的機密，只有矮人曉得。

矮人曾把成品分發給同盟國。就桑德索妮雅所知，當四種族同盟開始用那種塗料時，在戰爭中就開始占優勢了。

智人族王子納札爾穿戴用上藍紅黃塗料的華美鎧甲，還殺了好幾名惡魔騎士祭旗，這是非常知名的事蹟。

話雖如此，塗料到底是塗料。

# 6.半獸人喪屍

塗上去以後，任誰都可以利用。

塗料在不知不覺中被敵國奪去，變得連半獸人及惡魔這些種族都會用了。

後來，塗料就成了雙方陣營理所當然會用到的物資。

「唔……」

桑德索妮雅發出了低吟。

喪屍原本就對寒氣以及地屬性擁有強大抗性，用在它們身上幾乎無法見效。

除此之外，既然那套鎧甲不畏火與雷的話……

「這一戰或許難應付了……」

冷汗流過了桑德索妮雅的額前。

# 7. 陷入絕境的精靈們

那一天，霸修和捷兒精神奕奕地在狩獵喪屍。

「總覺得今天喪屍好豐富耶，老大！」

然而不知為何，唯獨那天喪屍的量特別多。

往常一小時只會出現兩～三具喪屍，此刻的頻率卻變成了一秒鐘一具。

簡直可說是成群結隊也不為過。

「有這麼多喪屍的話，感覺夠讓老大買金閃閃項鍊了耶！」

「對啊！」

霸修一邊回話，一邊將喪屍的脖子砍斷。

霸修以大劍施展的這一劈，斬碎了肩膀與胸膛，只留完整的腦袋與腹部。

手腳俐落地將下頷從腦袋卸下後，再放進帶來的背袋。

狩獵死靈的報酬大多是認腦袋或下頷來支付。

無論是骷髏怪或喪屍，大多只要留顆頭就可以放心。

## 7.陷入絕境的精靈們

「量這麼多，要帶回去好像會很辛苦耶！」

「沒什麼，我多往返幾趟就好。」

霸修一面這麼說，心頭也一面雀躍起來。

他不記得自己戰鬥了幾個小時，但喪屍的殘骸已在周圍堆積成山。

除掉這麼多喪屍，應該就買得起金閃閃項鍊吧。

那表示，他將娶到女精靈。

跟嬌小貌美的精靈結婚。這讓霸修心頭期待得想要找伴起舞。

順帶一提，在霸修他們的視野之外，那些喪屍正魚貫再生，並且又產出新的個體，但霸修他們當然沒有察覺。

他們只樂得沉浸在金子主動送上來的現況。

就算察覺到了，霸修還是會對喪屍源源不絕地送下頷過來的現況感到開心吧。

「啊，老大！幽魂！幽魂！連幽魂都出現了耶！我猜幽魂獵了也能領報酬！喪屍和骷髏怪都有報酬領，幽魂沒道理領不到嘛！」

「交給你了！」

「了解！『妖精之光』！」

捷兒發出強烈光芒後，幽魂就立刻消散了。

別看捷兒這樣，他也算身經百戰的戰士，懂得使用破壞力十足的魔法……說來固然是如此，不過幽魂能讓絕大多數的物理性攻擊失效，就怕光屬性魔法。

現場剩下的是薄如絹帛的布條。

幽魂的殘骸。

捷兒從空中將那撿起，準備要放進袋子裡——

「啊！老大！袋子已經滿了耶！」

就發現袋子裝滿了。

「唔……我們先回去一趟吧。」

霸修一面這麼說，一面拎起背袋。

即使從半獸人的魁梧體格來看仍顯得大過頭的袋子，其重量讓霸修心情激昂。

「咦～～要回去嗎！這麼大群的喪屍，到明天或許就沒有了耶！」

「喪屍不會逃，畢竟它們並不是候鳥。」

「也許話是這麼說沒錯啦～～」

霸修淡然地揮動大劍闢出道路，捷兒則跟隨在後。

就在此時。

「喂喂喂，未免太多了吧！這怎麼搞的啊！」

## 7.陷入絕境的精靈們

他們聽見有人講話的聲音。

霸修朝聲音傳來的方向看去，就發現有一名男子正在與喪屍大戰。

對方身穿褐色斑紋圖樣的鎧甲，右手拿散發光芒的長劍，左手持熊熊燃燒的盾牌，還以驚人速度砍倒了進逼的喪屍。

其討伐的速度雖不及霸修，然而用一般標準來看已經夠快了。

「唔喔～～不妙不妙不妙，這太扯了！」

男子口口聲聲說不妙，戰況卻帶有餘裕，臉上更充滿欣喜。

從他身旁裝滿的背袋看來，他應該也是來獵喪屍的。

男子笑的理由，肯定跟霸修他們相同。

「那傢伙是……」

霸修對他有印象。

沒錯，是在酒館分享情報的男子。

與此同時，對方也注意到霸修了。

「唔喔喔喔！居然還有不是喪屍的半獸人！」

話說完，對方就把熊熊燃燒的盾牌向前舉起，朝霸修直衝而來。

霸修用大劍擺出架勢迎擊。無論是何狀況，打倒攻來的敵人都不需要理由。

「……」

然而，對方在踏進霸修出手的範圍前就停住了。

臉色是蒼白的。黏汗直流，呼吸急促。

「你是『半獸人英雄』？」

看來對方似乎是認得霸修的一名人物。

「而你則是『絕命者』？」

霸修同樣瞧出了眼前男子的身分。

雖然日前沒有認出來，但是，他的裝備顯示了他的身分。

原本應為潔白色澤的染血鎧甲。

由於其魔力過高，導致附魔的瞬間便能讓長劍綻放光芒，令盾牌起火燃燒。

智人族曠古稀世的魔法戰士。

「絕命者」布里茲·克葛爾。

「半獸人的英雄，在這種地方做什麼……？」

「跟我日前說過的一樣。」

「日前？我根本沒遇過你……」

這時，布里茲也回想起來了。

## 7.陷入絕境的精靈們

想起前些日子，自己才在酒館被精靈晾到一邊，還跟某個半獸人意氣相投。

當時喝得醉醺醺導致他完全記不得彼此交談的內容。

只記得他們望著貌美的精靈，一起喝過酒。

然而，布里茲是智人。

智人有智慧，深思熟慮，還懂得看場合。

所以布里茲看見霸修的背袋，頓時就懂了。

「呵……我還想半獸人的英雄怎會在這種地方……原來是這麼回事。」

「是啊，慚愧。」

「沒什麼好慚愧啦。你很了不起，跟我相比的話。」

「……」

霸修望向布里茲。

在劍與盾上面附魔的英姿，任誰看了都會覺得可靠才是。

智人無論脫不脫處都能使用魔法，因此應該不會對自己身為魔法戰士感到羞恥。

然而，從日前交談的內容聽來，他同樣是單身。

據說在智人國，有了年紀會結婚是理所當然的事。

或許跟半獸人以未脫處為恥一樣，智人也會對單身感到羞恥。

「所做的事情並沒有差異吧。我跟你一樣。」

「哈哈，半獸人老兄，聽這話就知道說不過你。謝啦。」

布里茲自嘲似的笑了。

彷彿折服於眼前英武過人的存在，而把自己看得太過渺小。

話雖如此，從霸修的觀點，就不明白他為何會露出那種表情。

明明雙方都處於想要娶精靈，還打算靠著獵喪屍來賺錢的立場。

「唔？」

這時候，霸修靈敏的耳朵捕捉到了某種聲音。

在聽起來鏗鏗鏮鏮的聲響當中，交雜著順耳中聽的嗓音。

「好像有精靈遭受喪屍襲擊。」

「什麼？」

霸修豎耳細聽。

於是，他連精靈們慌張的叫喊聲都聽見了。那些精靈大概陷入了絕境，聲音並無餘裕，

還有哀號混雜其中。

「他們似乎處於劣勢。」

「……」

# 7.陷入絕境的精靈們

在霸修這麼說的瞬間，布里茲瞇細了眼睛。
布里茲將嘴緊閉，現出嚴肅的神情。
「這種時候怎麼能說得像是事不關己，精靈有危機耶！他們在哪個方向！」
「在那邊。」
「好，我們走！」
布里茲這麼說完就拔腿趕去。
「什麼跟什麼啊？」
捷兒歪了頭，對突然拔腿趕路的他感到不解。
從捷兒的觀點，根本連這個男人是誰都不明白。
頂多看得出他跟老大認識，還是智人族中本事高強的魔法戰士。
「不知道。既然他叫我們走，就跟著去看看吧。」
總之，霸修追到了布里茲的後頭。

◆

一行人趕至現場，便目睹了地獄般的光景。

大量的喪屍。

反觀精靈則寥寥無幾。

精靈們組了陣形，正在對抗陸續來襲的那些喪屍，但是連旁人都看得出其隊伍損傷有多慘重。

地面上已經有好幾名精靈倒地不起。數員早就斷氣，數員則氣若游絲。全滅只是時間早晚的問題，這在任何人眼中都很明顯。

「可惡……到此為止了嗎……！」

「哈，我們第三十一獨立分隊活過了當時的地獄，竟然會死在這種地方。」

「啊啊……我好想結婚……」

連存活的精靈們口中也開始交雜認命的聲音了。

當中沒有新兵。

部隊已經讓年輕的士兵先逃了，在這裡的只有老兵。

可是，就連經驗豐富的老兵也無力在受到包圍的狀況下繼續打倒源源湧現的喪屍。

那些精靈一個又一個受到致命傷，逐漸倒下。

「魔力也耗盡了嗎……唉～～我還以為和平以後，就不會在戰場喪命了。是不是大意了呢？」

# 7.陷入絕境的精靈們

「我們都已經老糊塗了呢。居然讓那些飯桶先逃，自己卻留在這裡走不掉。」

「啊啊……我好想結婚……」

最後留下的幾名精靈。

她們持續對抗那些喪屍，如今卻已經無路可退，更沒有餘力。

再過不久，她們就會被大群喪屍吞沒……

「『聖刃』！」

聖光形成劍刃，朝喪屍橫掃而過。

那來自一名戰士。

光劍將喪屍一擊斬斃，燃燒的盾讓喪屍化為灰燼。

不對，他並非隻身一人。

在他的背後，還有另一名戰士跟敵軍大動干戈。每當巨劍揮動，就會有好幾具喪屍名符其實地遭到撲滅。

「……？」

愣住的精靈們發現有某種發亮的物體映入視野。

那個物體軟綿綿地飛向倒下的精靈，然後在半空轉了幾圈，逐步灑下樣似鱗粉的東西。

雖然不清楚那是什麼，在懵懂間卻顯得如夢似幻的景象。

打轉的飛行物體似乎跳著古怪的舞蹈，讓人難以斷定那一幕究竟夢不夢幻。

突然出現的兩名戰士則無視於那種景象，只顧將喪屍逐批消滅。

隨手即能退敵，猶如割草。

彷彿不知疲倦為何物，應戰時從容自在。

那樣的景象一直持續到四周喪屍都被掃蕩為止。

「呼……」

確認過周圍暫無敵影的男子——布里茲轉向精靈們這邊。

接著，他耍帥地撥起頭髮，向精靈們問道：

「幾位小姐都沒事吧？」

愣住的精靈們聽見他這句話，都點了點頭。

雖然不清楚怎麼回事，這應該表示有救兵來了。

可是，手持光劍的智人會跟握著大劍的半獸人並肩作戰，這讓精靈的思緒跟不上狀況。

就在此時，那名半獸人——霸修也朝精靈們走來了。

他臉色為難地板著面孔好像想說些什麼，接著，他突然在視野邊緣注意到某人。

「唔……！」

一名倚著樹幹，傷重倒下的精靈。

# 7.陷入絕境的精靈們

她的腹部受到了重創，衣服被血染得一片鮮紅。

眼睛是閉著的，呼吸也顯得微弱。霸修對她有印象。

「妳是當時那個……喂，不要緊吧！」

霸修不知道她叫什麼名字。

不過他就是記得。怎麼可能會忘。

沒有她的話，霸修就不會跑去「羌鷲棲木」了。

「啊……啊啊……這聲音是……之前遇見的……半獸人男士嗎？」

「沒錯！妳振作點，傷口不深！」

「不……我不行了……我已經，看不見東西了……」

「那是因為妳閉著眼睛！傷口真的不深啊！」

事實上，她的傷已經接近痊癒。

妖精鱗粉能立刻治好任何傷勢。

恐怕是遭到幽魂攻擊，讓她神智錯亂了吧。

妖精鱗粉基本上對萬病都有效，有時候卻對精神傷害難起作用。

畢竟妖精是生來就瘋瘋癲癲的種族，這沒辦法。

「這位半獸人男士……幫我傳話……索妮雅大人……位在主隊的南方……而這裡，並沒有巫妖。這裡的是假貨……從喪屍的數量來看……這是陷阱……說不定，連那一位都會身陷險境……拜託你了……」

索妮雅大人有危險。

聽她這麼說，霸修心裡不平靜了。

索妮雅。自己看上的那位美麗精靈，就叫這個名字。

她有危險了。聽到這項消息，霸修不得不起身。

「……我明白了。感謝妳的情報！」

霸修站起來了。

接著，他向布里茲使了眼色。

從對話的內容，布里茲也察覺霸修想做什麼了。

「好，半獸人老兄，這裡交給我。你的行李……我也會負責幫你帶回去。」

布里茲這麼說，就被其中一名精靈抱住。

那名精靈在布里茲的耳邊細語：「請你也把我一起帶走……」他就露出一臉色樣，心花怒放到藏都藏不住。

「…………」

霸修對布里茲羡慕得不得了。

# 7.陷入絕境的精靈們

當場找其他精靈搭訕的話，或許霸修也能跟他一樣快樂似神仙吧。

可是，霸修已經決定了。他要向那一天見到的美麗精靈求婚。霸修在狩獵喪屍時，心裡都一直想著那名精靈。

所以霸修趕去了。

「拜託你了。」

布里茲則目送其背影。

他同樣是在戰爭存活下來的戰士。男子漢有意赴戰，他不會不識趣地攔阻。

「嘿……真正的英雄果然就是不一樣。」

何況，布里茲察覺到了。

根本不會外出旅行的半獸人，為什麼會出現在這種地方？又為什麼會留在精靈族的森林，一直狩獵半獸人喪屍……

布里茲已經察覺其中的真正理由。

「啊啊，多希望……我在生命的最後……能再見達令……一面……」

「呃，亞瑟蕾雅隊長，說真的，妳的傷都好了耶。」

「……咦？」

當錯亂的亞瑟蕾雅恢復神智而睜開眼睛時，霸修早就不見蹤影了。

# 7.陷入絕境的精靈們

◆

「呼……呼……可惡……」

與氏族長巴拉班將軍開戰後，經過了數十分鐘。

僅僅數十分鐘。

在這段期間，桑德索妮雅就施展了超過百種的魔法，燒光周圍的樹木，讓現場變成開闊的戰場。

然而，立於戰場中央的男子依舊健在。

「噢噢噢噢噢噢噢啊啊啊啊啊啊！」

「咯，咯咯咯，愚蠢，愚蠢，愚不可及的桑德索妮雅……」

巴拉班發出狂嘯。

甘達庫薩開口嘲弄。

他們承受了超過百種的魔法，都依舊健在。

由於身為喪屍，稱作健在或許稍有語病，總之他們都還能活動。

不負半獸人將軍之名，力量與速度兼備的敏捷身手。

即使是靈敏的精靈族戰士，若只有尋常實力，應該立刻就被敵人打扁了吧。

「可憎，可憎的仇敵！精靈，精靈，精靈噫噫噫！接我一鎚吧——！」

從近乎腐敗的腦袋編織出宛如咒詛的吼聲。

實際上，桑德索妮雅也有好幾次無法完全躲開，挨中了對方的戰鎚。

她受到傷害還能保持長生，原因不外乎是靠著高等的魔法屏障做出了防禦。

話雖如此，除猛烈攻勢以外，她還將魔力分到防禦上。

縱使桑德索妮雅是精靈國首屈一指的魔法師，倘若持續以最高的輸出效率作戰，也無法撐得長久。

然而，要是節制輸出的魔力，花時間與敵人纏鬥，自軍就難逃覆滅的結局。

何止如此，在當下這一刻，精靈族的戰士仍然一個接一個地殞命。

她必須立刻打倒敵人。

這場戰鬥不容許花這麼多時間。

可是，桑德索妮雅並沒有能給予有效打擊的手段。

她擅長的雷魔法自是不提，連對喪屍有效的火，還有效力不彰的寒氣與土，都因為抗性而讓威力大打折扣。

即使能打倒擔任前鋒的巴拉班將軍，守在背後的甘達庫薩也會立刻使其復活吧。

# 7.陷入絕境的精靈們

即使想要先打倒甘達庫薩，巴拉班將軍也會全力阻止，巫妖的高等魔法屏障更不會讓她得手。

「……不妙呢。」

桑德索妮雅領悟到，自己會輸。

至今以來，她曾經歷好幾場贏不了的仗。

一千兩百年的歲月並非白活。

她已經頂著精靈族大魔導桑德索妮雅的頭銜活了數百年。

那樣的話，敵人自然也會制定策略來對付桑德索妮雅。

尤其是惡魔王格帝古茲，他在出手毀滅一座精靈族都市之際，就封鎖了桑德索妮雅所使的魔法。

她打過好幾場就算陣亡也不足為奇的戰役。

以往桑德索妮雅之所以能活下來，是因為她執著於生。

自己要是死了，精靈國的士氣就會下滑。

自己要是死了，誰來保護精靈國？

自己要是死了，族裡就只剩那些還沒長大的小傢伙了。

這樣的心思，引導她忍辱吞敗，使她不惜啜飲泥水也要存活下來，還活到了當下的這一刻。

「……」

桑德索妮雅回頭朝後方瞥了一眼。

在那裡，有托里克普多的身影。

欽憲嘉已經不在。他帶部隊撤退了。

如先前所述，他聽從桑德索妮雅的話，盡全力撤退了。

托里克普多會留下來，是因為他是桑德索妮雅的隨扈兼助理。

他的任務是保護桑德索妮雅，所以才留下來。

可是——桑德索妮雅回想到一點。

托里克普多準備要成婚了。

儘管消息還無法公開，但他有意中人，而且兩情相悅。

只能說令人羨慕。

不過，桑德索妮雅更想祝福他。

畢竟她還幫托里克普多換過尿布。

她記得那孩子小時候會唸著「索妮雅～～索妮雅～～」跟在自己後頭。

他們情同姑姪，她不可能不疼他。

# 7.陷入絕境的精靈們

戰爭已經結束了。

那場既漫長而痛苦，不知會持續到何時的戰爭，在這些孩子們的世代就結束了。

他不該死在這裡。

他不該被這種臭半獸人……訂正，不該被這種敗北者的亡靈拖進地獄。

假如有人要被拖進地獄，那麼……

那麼，由自己來犧牲就夠了。

「好。」

桑德索妮雅點了頭。

「托里克普多，看來對付這些傢伙實在費時！再這樣跟他們虛耗是不智之舉！這裡暫且由我頂著，你先突圍！我過一會兒就跟上！」

這樣便能巧妙地誘導對方先逃。

桑德索妮雅如此深信不疑。

實際上，自己屬於可以長時間作戰的魔法師，這是眾所皆知的事實。

再繼續待在這裡跟敵將纏鬥，對我方也毫無益處。

留她殿後，並且進行撤退。用邏輯思考，這算正當至極的意見——桑德索妮雅心想。

可是，他卻喊了出來。

「別說傻話！我怎麼可能看妳送命！」

咦？

於是乎，桑德索妮雅歪過頭。

「什、什麼叫看我送命！我可沒有打算要死！真的！」

「不不不，妳平時才不會用『頂著』這種字眼！妳會說：『在那邊乖乖看著吧，包在我身上，我立刻就會打倒敵人。你那是什麼臉色？難道你認為我辦不到？我可是精靈族大魔導桑德索妮雅！』……」

自己平時都那樣講話的嗎？桑德索妮雅在內心自問。

……感覺好像有。

一直以來，桑德索妮雅時時都想著要讓精靈們放心。

當敵方人數眾多，自軍覺得身陷絕命危機時。

在戰爭中偷閒休息，陪孩子們玩耍時。

就連前往與惡魔王格帝古茲決戰時，她也說過類似的話。

的確，桑德索妮雅從來沒有用過「頂著」這種偏含蓄的字眼。

桑德索妮雅總是表現得像精靈族大魔導，像精靈族的英雄。

她會說自己就是精靈族最強的魔法師，包在她身上。

## 7.陷入絕境的精靈們

「話雖如此，我總不能讓你死。那樣我可沒臉面對你母親吧？你說是嗎？」
「為什麼爭到現在變成了我會戰死，而妳就能活下來呢……？」
「不對，這是假設！我講的是我厚著臉皮活下來，還回到祖國時的情況！」
「……可是，不，那樣才好！」
托里克普多將嘴閉成一線，並且對桑德索妮雅假設的情況點了頭。
他吞下一口氣，做了深呼吸，然後說道：
「對，那樣才好。索妮雅大人，不如由我來擋住這兩具喪屍。請妳趁機趕回城裡，再派援軍過來！這沒什麼，只要妳活著，精靈族永遠都能作戰！」
「你……」
托里克普多要是死了，會有許多人傷心。
無論是他的父母、他的兄弟、他的同僚，還有據說已跟他訂婚的獸人族公主，想必都會傷心。
不過，也就如此罷了。
他是軍人，是組織的一分子。精靈軍經過組織，就算總大將被敵方拿下也能夠立刻換人領導，從而繼續戰鬥。
他是可以被取代的存在。

然而，精靈族大魔導桑德索妮雅——

她不一樣，她可說是精靈族的象徵。長達一千兩百年來，她都守護著精靈，她就是精靈族的守護神。

「笨！你……你喔……你以為，我是為了什麼……為了什麼才……」

桑德索妮雅含著眼淚，不甘似的咬住了嘴脣。

回想起來，每次都是這樣。

從桑德索妮雅超過六百歲以後，每個族人都願意捍衛她的生命。

雖屬軍方之人卻無官階，雖為族長血親，掌有的權力卻只有隱士等級。

總是有年輕人願意奉獻力量，讓這樣的她活得長久。

而且，他們實際促成了這段長生之路。所以自己才會活著。

當時自己接受了那些。戰爭確實需要自己，否則精靈族已經屈服了。自己就是明白這一點，才會執著地活下來。

可戰爭不是已經結束了嗎？

打贏了不是嗎？

明明如此，為什麼他們還要讓她存活？

「妳奮戰了一千兩百年，並且在戰爭中活了下來。差不多是時候遠離紛亂與爭鬥，過著

## 7.陷入絕境的精靈們

幸福的生活才對。還要找個伴結婚，對吧。」

「有這一份心的話，你就娶我嘛！」

「呃，那不方便。畢竟我有未婚妻。」

「既然如此，你要活下去啊！」

當托里克普多跟桑德索妮雅正要像平常那樣大呼小叫地鬥嘴時，下個瞬間。

托里克普多就被一塊大得可以讓人伸臂環抱的岩石砸中。

受到岩石波及的托里克普多飛了出去，遠達數十公尺才停住。

他動也不動。

「咯咯咯咯咯，鬧劇結束了。」

若要說桑德索妮雅有所疏忽……應該正是如此。

戰鬥到一半，她將目光從對手身上移開了。

結果，就造成了親人死亡。

「托里克普多……你不會……死在這種地方吧？對吧？」

桑德索妮雅問道。

然而，並沒有得到回應。

「你要結婚了吧？跟獸人族的公主。畢竟，你從小時候就喜歡動物……啊，不對，這年頭把獸人當動物看待，是相當於歧視吧？欸，聽到沒？你回話啊……」

沒有回應。

只見一名精靈動也不動地倒在那裡。

從以前就常有這種狀況。迷糊的索妮雅常會把目光從敵人的身上移開，疏忽大意，犯下些許失誤，導致同伴陣亡。

並非全是自己的責任。

托里克普多也有錯。這種時候根本沒空嘻嘻哈哈地拌嘴。

只要他肯聽桑德索妮雅的話，盡快撤退就沒事了。

即使像這樣自我說服，桑德索妮雅的心仍無法脫離陰霾。

「我絕對……」

所以索妮雅切換心思。

桑德索妮雅是精靈族的戰士。

身經百戰的戰士。

此刻，她正要讓自己變回戰爭中的惡鬼羅剎；變回將眼裡所有敵人用一把火燒盡的精靈族英雄。

「我絕對不會放過你們！我要將你們從這世上完全消滅，以免再變成喪屍！」

# 7.陷入絕境的精靈們

桑德索妮雅舉起法杖。

情緒激動，但同時也有冷靜之處。

發怒不會改變狀況。魔法幾乎起不了作用，缺乏有效的對抗手段。

至少自己或理應帶隊先走了的欽憲嘉得逃脫才行。

精靈族英雄與中將要是在驅逐區區喪屍的作戰中一塊陣亡，原本壓制住的半獸人，還有身為同盟國仍在伺機擴張領土的智人族，都難以斷言不會有動作。

戰端將再次爆發。

那不行。就算其中一方陣亡，另一邊還是必須活下來，掩蓋住真相才行。可是，該怎麼找出活路……

「休想逃，休想逃，休想逃之夭夭！精靈族，一個也別想逃！」

巴拉班將軍的吼聲響遍四周。

桑德索妮雅何嘗不是相同的想法。

她沒有打算放過任何一具喪屍。

只是，目前她手邊沒有那樣的力量。這令她懊惱不已。

「囉嗦！喪屍還不乖乖地躺回墳……」

就在此時。

當桑德索妮雅於短瞬思索完這些以後，忽然間，有某種東西從她和巴拉班將軍之間通過了。

速度飛快，卻又有幾分不穩定，彷彿稍縱即逝的存在。

那東西移動到倒下的托里克普多身上，然後跳起不可思議的舞蹈。

旋身三周半銜接外點兩周跳。

於是，從它身上有某種像頭皮屑的玩意兒開始朝托里克普多散落。

蠢蠢的舞步與所謂的夢幻景象差遠了。

然而可惜的是，人們對此也只能用夢幻一詞來形容。

現場沒有人能理解那東西是在做什麼。

有某件事比那更要緊。

桑德索妮雅與巴拉班將軍更在意某件事，甚於那一點。

有動靜正緩緩朝他們接近而來。

有某種存在正從遠方一邊釋出破壞的聲響，一邊接近而來。

對方將喪屍衝散，將樹木劈倒，朝這裡接近過來了。

精壯且令人顫抖的暴力象徵。

隨後，對方緩緩地現出身影。

# 7.陷入絕境的精靈們

「……」

是個半獸人。

膚色屬於普遍所知的綠。

以半獸人來說略顯嬌小，身體卻覆有高密度的肌肉。雙眼如鷹，髮色藍中帶紫，右手持大劍。別無奇特之處，尋常可見的綠半獸人。

桑德索妮雅曉得。

這個乍看平凡的半獸人，是比世上任何人都要恐怖的存在。

「霸修……」

而且她懂了。

身為半獸人英雄的這名男子，此刻為什麼會在這裡？

為什麼他會來這座席瓦納西森林？為什麼要預告將在自己面前出現？

「噢噢！英雄霸修！久未見面了！近來可好！」

巴拉班發出歡喜的招呼聲。

他張開持鎚的雙手，迎接英雄到來。

「有你在可抵百夫之力！來吧，讓我們像以往一樣並肩作戰！將可憎的精靈消滅，取回屬於我等的森林！」

桑德索妮雅絕望了。

她不由得懂了這名半獸人英雄來到席瓦納西森林的理由。

沒錯，這名半獸人是來取回席瓦納西森林。

這男人打算擊敗身為精靈族英雄的自己，給予精靈絕望，進而再次挑起戰爭。

自己目前並無打倒霸修的餘力。

假如還要同時應付巴拉班將軍和甘達庫薩，那就連逃跑都不可能了。

「巴拉班將軍……是你？」

霸修看似納悶地環顧四周。

於是，剛才的飛行物體過來了。那是個微微發光的妖精。

他移動到霸修耳邊，然後似乎說起了悄悄話。

霸修聽完就連連點頭，還望向桑德索妮雅，對她微微地笑了笑。

在桑德索妮雅看來，那副笑容只像在宣告死刑。

「唔……你們要來就來吧……我、我可是精靈族大魔導桑德索妮雅，直到最後關頭都不會放棄的！」

桑德索妮雅覺悟死期將至，一面舉杖備戰。

她回想起席瓦納西森林的惡夢。

# 7.陷入絕境的精靈們

長達一千兩百年的人生當中，最屈辱也最艱苦，在交手過程裡領悟到勝不過對方，卻連逃跑都無法如願的那一戰。

即使被要求再來一次，她也不敢領教的那場戰役。

「嗯。」

霸修緩緩地朝桑德索妮雅走了過來。

桑德索妮雅知道。

儘管現在看似緩慢，但是這傢伙身手可以快到讓人眼睛跟不上。

假如沒有牽制其行動，誘他出手，再以一紙之隔迴避攻擊，並抓準些微的破綻反制回去，連要打中這名半獸人都是難上加難。

自己辦得到嗎？

以往可以，然而那一戰輸了。明明有手感，先倒下的卻是自己。

這次霸修一出招，巴拉班將軍與甘達庫薩肯定也會同時採取行動吧。

擋下喪屍的同時，還要撐過霸修的猛攻才行。

辦得到嗎……？

不可能辦到。

但是非拚不可。不拚的話，戰爭又將爆發。

## 7.陷入絕境的精靈們

半獸人與精靈的戰爭。屆時，智人與獸人還願意共組同盟嗎？

無法指望矮人，因為那些傢伙討厭精靈。啊，但是智人貪得無厭。如果精靈勢弱，他們肯定會來侵犯精靈的領土吧。

還有，戰敗國想必也不會默默旁觀。

魅魔與妖精、蜥蜴人必然會站在半獸人那邊。

那麼一來，等於舊事重演……

不行，不能讓那種事發生！

自己非得設法阻止才行。由精靈族英雄桑德索妮雅設法。

要不然，天曉得自己是為了什麼才存活下來。

得想辦法，得想辦法……

「呼……呼……」

桑德索妮雅的心跳個不停，快到簡直像要讓心臟破裂。

儘管快要被壓力壓垮，她仍喘著氣將魔力灌入法杖。

霸修已經來到眼前。

他舉起大劍……

並且轉身朝後，將劍指向了巴拉班將軍。

「接下來，我不會讓任何人碰妳一根指頭。放心在旁邊看著吧。」

「……什麼？」

桑德索妮雅拿著法杖，就這麼愣住了。

剛才，這傢伙，說了什麼？

「噢噢噢噢噢噢！霸修！難道說，你要站在精靈族那邊嗎！」

「咯咯咯咯！為什麼，為什麼，為什麼為什麼為什麼──！」

巴拉班將軍與甘達庫薩叫道。

這是背叛。沒想到半獸人的英雄竟然會將可憎的精靈保護在背後，還拔劍與同胞相向，理應不可能發生這種事。

可是，他們倆並不知道。

戰爭已經結束了。

他們不知道半獸人現在是遵循新規範而活，

「侵略他族的行為，已經以半獸人王之名嚴令禁止了。」

「可惡，可惡，可惡！」

巴拉班將軍發出了怒吼。

「就憑涅墨西斯，也想對我巴拉班出意見！」

## 7.陷入絕境的精靈們

「咯咯！半獸人的驕傲哪裡去了！半獸人棄戰以後又有何用！你這樣還算半獸人嗎啊啊啊！」

巴拉班的咆哮；甘達庫薩的痛斥。

將這些聽進耳裡的霸修身體使勁。

「巴拉班將軍，我尊敬你這個人。但是喪屍並不算半獸人。不是半獸人，就別談論半獸人之事。」

「唔……喔喔喔喔喔喔！唔噢噢噢啊啊啊啊！」

巴拉班將軍盛怒了。

他發出好似從地底深處響起的吶喊，並且朝霸修直衝而來。

恐怕比霸修高一倍的魁梧身軀，揮舞著足以讓霸修手中大劍看起來像牙籤的戰鎚，朝霸修進逼。

「放馬過來。」

半獸人英雄與半獸人大將軍之戰，就此開始。

## 8. 英雄VS大將軍

巴拉班將軍對霸修來說，是一名有著深厚回憶的人物。

他從出生時，地位就高高在上。

現任半獸人王涅墨西斯的童年玩伴兼親信，席瓦納西森林的氏族長，只要是半獸人都認識這位戰士，他便是如此聞名。

在半獸人之中體格特別壯碩，能揮舞巨大戰鎚的狂戰士。

體現蠻勇一詞的英姿，只要是半獸人都會崇拜。

霸修亦不例外。

霸修第一次見到巴拉班將軍，是在開始上戰場以後隔一陣子才發生的事。

儘管霸修衝過了幾次死線，已經被列為能獨當一面的戰士，然而，當時的他實力仍與尋常的半獸人差不多，有好幾次都險些喪命。

就在那時候，霸修隸屬的部隊被分派到巴拉班將軍麾下。

隨後發生的戰役是一場激戰。

# 8.英雄ＶＳ大將軍

半獸人軍固然是勝利了，不過霸修的部隊也有所傷亡。

戰鬥結束後，巴拉班將軍來到了正在營火前用餐的霸修面前。

而且他剛看見霸修，開口便是一句：

「是你啊！你這小子有前途！」

巴拉班將軍豪邁地大笑，還拍他的背這麼誇獎，然後就離去了。

霸修覺得丈二金剛摸不著頭緒，同時卻也感到高興。

因為知名的巴拉班將軍誇他有前途。霸修不可能不高興。

雙方第二次見面，則是霸修開始在半獸人之中展露頭角的時候。

比別人高一個層次的戰士。那就是霸修當時獲得的評價。

霸修分發到的缺則是直屬於巴拉班將軍的隨扈。

即使稱作隨扈，他也沒有做過多了不起的工作。

一如平常參加戰役，跟在大殺四方的巴拉班將軍身邊把敵人宰得片甲不留，如此而已。

然而，在作戰前夕，霸修聽巴拉班將軍聊過一小段往事。

那對巴拉班將軍來說，是為了在上陣前自我鼓舞而分享的英勇事蹟。

同時，內容本身也可以說是半獸人的戰史。

巴拉班將軍從小時候就跟涅墨西斯一同作戰至今，時而提供助力，時而獲得幫助，他身為搭檔，始終維護著半獸人的驕傲。

如此的一段歷史。

所以霸修有了個念頭。

他希望自己也能像對方那樣。

雙方最後一次見面，是在霸修被分發到席瓦納西森林駐防的時候。

當時，巴拉班將軍已經不會像過去那樣豪邁地笑了。

但他依舊氣力十足，身為半獸人最後的堡壘，他提倡抗戰到底。

西有精靈，東有智人。被兩大勢力包夾，兵力也所剩無幾，狀況可說是生死存亡的緊要關頭，而巴拉班將軍仍未喪失戰意。

那時候，霸修沒有跟巴拉班將軍講過話。

他只是接到對方默默拋來的視線，就點頭前往戰線了。

之後，霸修碰上精靈族大魔導桑德索妮雅，鏖戰至兩敗俱傷。

霸修讓桑德索妮雅受了重創，自己卻也遍體鱗傷，意識朦朧之間，他被迫在森林中躲躲藏藏地逃了好幾天。

假如捷兒沒有來霸修逃命的山洞找他，或許他已經死了。

而且，當霸修設法回到大本營時，戰鬥已經結束了。

# 8.英雄ＶＳ大將軍

據說在那個無月的夜晚，精靈軍從黑暗中發動了奇襲。

考量到戰力差距，原本這場仗應該不至於一面倒。

可是，精靈軍完全剝奪了半獸人軍的視野。

他們消滅光源，動用黑暗魔法，並穿上能藏身於夜色的黑衣，再以幻視魔法掩去行蹤。

就這些技倆，原本不可能置巴拉班將軍於死地。

半獸人也征戰了長達幾千年之久。面對各類魔法，以及利用那些魔法展開的突襲，他們都有準備因應的手段，不可能遭受致命打擊。

敗因在於……這一點霸修也是事後才聽說，巴拉班將軍對半獸人法師的歧視構成了吞敗的原因。

副官甘達庫薩身為半獸人法師，早就取得了精靈將會趁夜襲擊的情資。

而且，為了反制敵軍，他提議應該讓全體半獸人躲進黑夜與大地。

巴拉班將軍卻沒有予以採納。

他自認身為半獸人戰士，並不應該採取由瘦弱的半獸人法師提出來的狡猾策略，就把意見駁回了。

這是他的固執。

甚至固執到反過來將大本營點得燈火通明來迎擊敵人。

就這樣，巴拉班將軍與他的副官甘達庫薩都陣亡了。

由於涅墨西斯立刻帶著主隊趕到了席瓦納西森林，領土並沒有被奪走，可是半獸人喪失巴拉班這名最頂尖的半獸人將軍以後，沒過多久就接受招降了。

霸修本身對精靈沒有什麼恨意，也不覺得後悔。自己身為半獸人的英雄，該做的事都做了。他讓強敵喪失作戰能力，自己也有活著回來。

若是這樣仍打了敗仗，那就該予以接受。

話雖如此，霸修當然想過，假如自己能參與巴拉班將軍的最後一役……

或者說，巴拉班將軍與副官甘達庫薩之間，要是可以相處得更和睦一點。

霸修難免還是會有這麼想的時刻。

而他們就在霸修眼前出現了。

巴拉班將軍，跟著副官甘達庫薩一同出現。他以前還公開聲明過，自己絕對不會跟半獸人法師之流聯手戰鬥。

而且他告訴霸修：

「來吧，讓我們像以往一樣並肩作戰！將可憎的精靈消滅，取回屬於我等的森林！」

要說霸修對此不覺得欣慰，那就是謊話。

那一天、那一刻有過的兩個念頭，同時成真了。

# 8.英雄ＶＳ大將軍

啊啊，這次肯定會戰勝吧，這次就能將榮耀的勝利納入手中才對。霸修無法不這麼想。

然而，霸修是半獸人。

半獸人是戰士，戰士拿得起放得下。

有時候，戰士也是要承認敗北的。

還有，半獸人有句老話。為了避免在這種時候迷惘，才灌輸在心裡的一句話。

十分單純的一句話。

「喪屍並不算半獸人」。

無法承認敗北，而從地裡爬出來襲擊活人之輩。

那種東西，並不算半獸人。

半獸人已經輸了。

在戰爭中敗北，跟敵方談和以後，半獸人已經開始走向不一樣的未來，有別於戰時心目中的理想。跟其他種族比，其腳步是緩慢的。即使如此，霸修仍會遵循半獸人王涅墨西斯的決定。

那是霸修身為半獸人英雄的義務。

簡而言之，既然有不屬於半獸人的大群喪屍跟半獸人目前正在設法交好的精靈族打了起來，要選邊站的話，當然選後者。

他們相爭的理由根本無關緊要。

再說，自己想追的女精靈有危機，那更不需要猶豫。

（老大，現在是好機會！剛才有女精靈朝布里茲投懷送抱，老大也看見了吧！只要趁現在展現自己是個可靠的男人，更是個帥氣的男人，就能一舉把她追到手！）

更何況，捷兒都這麼說了！

◆

桑德索妮雅陷入混亂了。

為什麼霸修會挺身站出來保護自己？

而且，他還對理應是同伴的巴拉班將軍舉劍相向。

難道自己的想法錯了？或者說，他們之間起了內鬨？

沒錯，好比霸修只是像一般的半獸人那樣，被女精靈色迷心竅，想把她擄回去而已。

不，這不合道理，那他為什麼沒有在席瓦納西森林的惡夢時就那麼做？

咦？難道自己身上真的有老人味？

倘若如此，桑德索妮雅會希望背對現實。

# 8.英雄ＶＳ大將軍

「我是隸屬前半獸人王國布達斯中隊的戰士，半獸人英雄霸修！」

不過，唯有一件事是她可以篤定的。

那就是這名半獸人英雄似乎將會跟巴拉班將軍一戰。

「我是半獸人王國第二師團長，兼席瓦納西森林氏族長！半獸人將軍巴拉班！」

「我是同屬半獸人王國第二師團的副團長，大戰士長甘達庫薩！」

早在戰時就已聽得生厭的，半獸人於決鬥之際自報名號的開戰詞。

互相報上名以後，即為開戰的信號。

接著，半獸人會戰到倒下才停止。

對手是巴拉班將軍。就連精靈族也知道這一位將軍在半獸人國曾經是多麼重要、多麼偉大的人物。

畢竟以往新兵要先牢牢記住的半獸人名字，正是半獸人王涅墨西斯，和半獸人將軍巴拉班。

將眾多戰役導向勝利，並且勇於奮戰到最後的強者。

在半獸人族中，被譽為實力可與半獸人王比肩的男人。

再加上，還有半獸人首屈一指的法師甘達庫薩站在後頭。

對方是這一戰中最危險的男人。如果不打倒在那裡的甘達庫薩，巴拉班就會一再復甦。

可是，要鑽過巴拉班將軍那樣的猛攻，並且將時時保持一定距離的甘達庫薩放倒，將會是難如登天的一件事。

不過——桑德索妮雅心想。

她看著霸修的背影心想。

那是多麼……多麼令人放心又可靠的一道背影。

「咕啦啊啊啊啊啊喔喔！」

「咕啦啊啊啊啊啊啊！」

戰吼響徹四周。

好似會讓膽怯的小動物聽了直接暴斃的戰吼迴盪於森林。

出手是巴拉班將軍快了些許。

暴力的象徵，質量怕是能摧毀任何物體的戰鎚朝著霸修揮下。

然而，霸修行動的速度簡直不像半獸人。

那並不是為了閃避。他跨出一步，上半身連擺帶扭，將大劍揮向戰鎚硬拚。

鏗——

前所未聞的刺耳金屬聲響遍森林。

餘音迴蕩不絕。

# 8.英雄ＶＳ大將軍

霸修漂亮地用大劍彈開了巴拉班將軍的戰鎚。

巴拉班將軍沒讓戰鎚脫手，卻受到其質量牽引，踉蹌了幾步。

那樣的反作用力同樣回饋在霸修身上……

「唔唔，噢噢噢噢！」

他沒有被打亂陣腳。

步伐究竟要站得多穩，才辦得到這種事？

霸修彈回戰鎚，逼得巴拉班將軍腳步踏空，自己還相對地更進了一步。

大劍以超越人智的速度劈落，砍中了那位將軍的胸膛。

傷口深達心臟，一目了然。

只能以精湛來形容。漂亮的一擊。

致命傷。

……假如對手是活人的話。

「噢噢噢噢噢噢噢！」

巴拉班將軍彷彿不把胸前傷口當一回事，舉起了戰鎚揮舞。

勢如暴風的猛攻。

可是，霸修退都沒退。他時而閃身，時而舉劍回劈，時而以巧勁支開攻勢，再利用對手隨之露出的破綻給予反擊。看似粗魯卻絕非笨拙的防禦技術。

毫無虛砍的劍更是扎扎實實地落在巴拉班將軍身上。

巴拉班將軍卻沒有停下。

即使心臟被剖開，動脈被斬斷，他依然能夠活動。

因為他是喪屍。

起碼要腦袋落地，否則喪屍就不會停止活動。

視個體而異，有的喪屍沒了頭還是會動，但只要給予足以癱瘓肉體的重創，遲早是要停下來的。

然而，當前的狀況不同。

只要有巫妖在，任何傷口都會復原，喪屍將能無止盡地活動。

霸修技壓巴拉班將軍。

假如巴拉班將軍是活人，即使已經倒下也不奇怪。

況且……

「咯咯咯咯……『大地之縛』。」

「唔！」

隨著那道聲音，霸修的身子下沉了一個拳頭高。

## 8.英雄ＶＳ大將軍

腳踝陷進地面了。

「噢噢噢噢噢！」

霎時間，霸修的行動慢了一拍。

霸修以大劍代盾做出防禦，整個人卻還是被橫向揮來的戰鎚打飛，翻了兩圈重重地撞上樹幹。

當然，這點打擊奈何不了霸修。

他立刻起身，彷彿什麼事也沒有就朝巴拉班將軍衝了過去。

話雖如此，霸修並不是毫無損傷才對。

桑德索妮雅在過去的戰鬥中，觀察過霸修的身手。

無論魔法命中多少次，霸修都會像不死之身一樣繼續進逼，但他的動作在最後確實變慢了。

雖然擁有怪物一般的體力與耐久力，但並非用之不竭。

「咯咯……愚蠢……愚蠢的男人，英雄霸修……」

沒錯，況且對手不是只有巴拉班將軍。

副官甘達庫薩也在後方，堅守其支援的角色。

縱使霸修能技壓巴拉班將軍，不打倒這名副官就全無勝機。

既然鼎鼎大名的半獸人英雄霸修願意助戰，那是值得依靠的。

自己相當清楚這名半獸人有多強。

可是，半獸人戰士大多對魔法認識淺薄。

不知道霸修是否明白不打倒巫妖就無法結束這場戰鬥的事實……

「唔唔唔～～～～！」

桑德索妮雅只猶豫了一瞬間。

然而，她決斷迅速。

「……霸修，我、我來替你助陣！畢、畢竟這是我等精靈的問題，又是二對二，並不算卑鄙之舉！對吧！」

霸修將眼睛轉向桑德索妮雅以後，視線立刻就擺回前方。

「我接受妳的助陣。」

「很、很好。有我跟你搭檔就所向披靡！」

霸修揚起了嘴角。

因為他「呵」地笑了出來。

與其呼應，桑德索妮雅也笑了笑。雖然那是苦笑。

「咕啦啊啊啊啊啊啊喔喔！」

# 8.英雄ＶＳ大將軍

霸修的戰吼響遍現場。第二次戰吼。

桑德索妮雅聽了心想：

（吵死了，耳膜都要震破啦。基本上，這太奇怪了吧，半獸人正常是不會連發兩次戰吼的啊。什麼跟什麼嘛！）

想歸想，她仍默默地舉杖備戰。

現在比剛才有餘裕了。

「你聽著，不打倒甘達庫薩，巴拉班將軍就會復甦。所以說，我會引開巴拉班將軍的注意，你就趁機直搗躲在後面的甘達庫薩。」

「……」

桑德索妮雅快言快語地這麼提議，霸修卻沒有點頭。

他躲開巴拉班將軍衝刺揮來的戰鎚，還順手出劍反擊。

對手若是生物，那一劍當然足以致死，但巴拉班將軍視其為無物。

「喂，你聽見了嗎！跟他鬥沒用的！」

「巴拉班將軍是個有氣魄的戰士。雖然他成了亡者，還是與我互相報上名並且發出了戰吼！這一戰最起碼要讓戰士能夠心服！」

「現……」

現在哪是說那些蠢話的時候。

桑德索妮雅差點脫口回嘴，但她噤了聲。

對半獸人而言，戰鬥就是他們的人生。戰鬥勝利的次數跟侵犯過的女人數目，是他們僅有的自豪。後者固然令人無法理解，但是對半獸人而言，心滿意足地戰死算得上一種名譽。

面對巴拉班將軍這位偉大的人物，霸修應該是想給予他那份名譽，藉此弔慰其英魂吧。

桑德索妮雅明白了他的心意。

她也是精靈族的英雄。

假如精靈族的亡者未能得到弔慰就成了喪屍，而那還是一位在以往替精靈國帶來莫大利益的人物，那她也會希望先給予亡者應得的名譽，再送其歸天。

「我明白了。那麼，甘達庫薩的魔法就由我頂著……」

「感恩。」

「不用對我感恩！我的魔力剩下不多了！趕快把他打倒！」

「了解！」

霸修朝巴拉班將軍衝了過去。

大劍在他手裡揮起來就像枯枝，還打落了巴拉班將軍的戰鎚，進而再補上一擊。

目睹那一幕，桑德索妮雅有一種感覺。

# 8.英雄ＶＳ大將軍

迷人的劍術——她認為。當然，那終究是半獸人的劍術，再客套也不能稱作優美。

然而，自己與對方交手時只感到恐懼與戰慄的那身本領，換到己方的立場來看，便顯得迷人了。

他的劍總是揮往最適切的方向，劍鋒也總是走在最短的途徑上。

即使是原本考慮到離心力會需要將劍抽回的場面，他也能靠膂力強行反手猛劈。

難怪速度會快。

原本往右揮到底的劍，無須停頓就能向左劈回來。

還不只是快而已。

霸修使出的每一劍，力道及精準度都足以彈開巴拉班將軍的戰鎚。

具備那等質量與攻擊力的物體絲毫沒有放過對手的破綻，還能不偏不倚地直取要害。

光看就讓人毛骨悚然。

被迫跟那種東西交手的話，任誰都不敢領教吧。

「哎呀，你別想得逞！」

桑德索妮雅將法杖轉了一圈，並朝向霸修那邊。

原本從地底向著霸修而去的大地魔力，頓時煙消霧散。

「咯，咯咯……愚蠢，愚蠢的桑德索妮雅……」

「我看，你只想罵人愚蠢吧。對不對，愚蠢的甘達庫薩？」

「咯咯咯咯……！」

她攔截住甘達庫薩施展的魔法。

單就這一點，對於擅使魔法的桑德索妮雅並不算多難。

或許甘達庫薩是半獸人首屈一指的法師。

然而，桑德索妮雅是精靈族大魔導，在天資適合當魔法師的精靈中位於頂尖之譜。

就算對方變成巫妖，對魔法有更高的掌控，原本仍是半獸人。

要以魔法比拚，甘達庫薩根本毫無勝算。

坦白說，桑德索妮雅在現階段就已經有能力打倒變成巫妖的甘達庫薩。

雖然不到瞬殺的地步，假如只用魔法交手，她出五招就能逼對方就範，第六招便可取其性命才對。

一千兩百年。這是她身為魔法師持續鑽研魔法，在眾多戰場上累積經驗至今的成果。

然而桑德索妮雅不那麼做。

「唉，怎麼說好呢……既然你也是半獸人，就默默地觀戰吧。這可是巴拉班將軍的最後一次單挑。」

「愚蠢！愚蠢！單挑之舉可笑至極！與其重視那些，還不如取得勝利！誅盡可憎的精靈

## 8.英雄ＶＳ大將軍

族，為我等帶來勝利！」

「你就是這樣，才會被巴拉班將軍冷落啦……」

她決定觀望霸修的這一戰。

要說為什麼，桑德索妮雅自己也不懂。

喪屍這種鬼東西，當然是盡快打倒才好。

畢竟精靈軍目前仍在跟喪屍交戰；畢竟已經有人為此犧牲。

可是，桑德索妮雅卻不由自主地覺得現在不應該出手。

話雖如此，狀況似乎用不著她擔心。

霸修已經技壓巴拉班將軍。

巴拉班將軍的身手也絕不算慢，本事更不會低。

揮動戰鎚的他將離心力做了十二分的利用，同時還能針對霸修的要害出招。光是揮舞那把戰鎚應該就讓人連近身都辦不到。

霸修將滿載離心力的戰鎚彈開，反手還能多給對方一劍。

巴拉班將軍的要害頭部並未分家，是因為他以一紙之隔閃開了。

然而，那也只是時間的問題。

在旁觀之下，他們不過打了幾十回合。

以時間來計算，約為一分鐘。

甘達庫薩虛發的魔法，被桑德索妮雅攔截了五次左右。

如此短暫的時間內，霸修與巴拉班將軍展開了高密度的互搏。

異狀隨著聲響發生了。

「鏗」的一聲，清脆而響亮。

聲音出現的同時，巴拉班將軍所用的戰鎚鎚頭飛到了半空。

輕快打轉的鎚頭描繪出拋物線，在落地的同時揚起砂土，並且波及了三具喪屍然後消失於森林之中。

每個人的目光都隨之而去。

桑德索妮雅自然不說，連甘達庫薩都緊盯鎚頭。

當他們把視線轉回來時，勝負已分。

無頭喪屍手握長柄已斷的戰鎚，魁梧身軀正緩緩倒下。

倒地的巨軀發出貫耳聲響。

間隔片刻，又有東西落地的聲音。

那是一具喪屍的首級。

長著兩根威風尖牙，甚是威風的半獸人首級。

# 8.英雄ＶＳ大將軍

首級落地後，直接滾到了甘達庫薩的腳邊。
「……咯咯……將軍……」
桑德索妮雅緊握法杖，灌注了魔力。
假如甘達庫薩想讓巴拉班將軍再次站起，她非得阻止才行。
最起碼，要是不干擾對方施法並予以打斷，舊戲就會重演。
然而，甘達庫薩沒有那麼做。
他朝巴拉班將軍的頭凝望了幾秒，卻以拄杖的姿勢抬起臉，轉向了霸修那邊。
他面對霸修，而非巴拉班將軍。
帶著沙啞的聲音，以及一張有失半獸人本色的臉。
「霸修……愚蠢的霸修……今後，半獸人就靠你了……」
「我明白。」
甘達庫薩在自己身軀被縱向劈成兩半的前一刻，確實是含笑的。

# 9. 求婚

如此這般，席瓦納西森林的喪屍遭到掃蕩了。

短期內大概還是會有零星喪屍出現，但可以想見應該不會像這次一樣大量出沒。

精靈族的死者沒有想像中多。

這固然要歸因於身為精銳的他們各自久守奮戰，不過霸修一邊擊斃喪屍一邊趕路，還有捷兒在途中治療了那些精靈也是一大要因。

被喪屍造成致命傷而口吐血沫時，就來了個半獸人，讓他們撿回一條命。

據說那名半獸人一路突破大群的喪屍，直到巫妖面前，還救了桑德索妮雅大人。

在精靈軍裡，有這樣的傳言繪聲繪影地散布著。

當中也有意見認為：「不不不，區區巫妖才不會讓桑德索妮雅大人陷入苦戰啦～～」然而承認有此事的不是別人，正是桑德索妮雅自己，因此傳言就被當成真相在精靈軍裡傳開了。

「這下非得感謝半獸人的英雄才行呢。該怎麼致意比較妥當？還是要寫一封感謝函給半

# 9.求婚

獸人國？」

「嗯～～……」

被托里克普多一問，桑德索妮雅交抱雙臂發出了咕噥。

她是有感謝之意。

此刻，在眼前好端端地活著的托里克普多，同樣是被霸修及捷兒救活的精靈之一。

原本桑德索妮雅以為他當場死亡了，在戰鬥結束以後，她心想至少要親手埋葬他而靠近一看，就發現托里克普多頭上頂著一大坨閃閃發亮的白粉，驀地爬了起來。

理應救了他的妖精當時擺著一副「唔哇，有夠髒」的臉，讓人印象深刻。

「唔唔～～唔……」

情同姑姪的族人被對方救活了。

何止如此，連桑德索妮雅本身也形同被對方救了一命。

所以她是有感謝之意。

有雖有……

「基本上，那傢伙為什麼要來城裡？」

「妳是問他來的目的？」

「嗯。」

桑德索妮雅一臉認真地點頭以後，托里克普多就擺出了「唉～～傷腦筋，不懂事理的老人家都是這樣」的臉色。

「你那是什麼臉？別擺那種表情，你完全看不起我吧。」

「呃，妳真的不懂嗎？」

「難道你懂？」

「當然了。」

桑德索妮雅噘起嘴脣，還抬了下巴彷彿要說「你講看看啊」。

「他是來阻止突然在席瓦納西森林大量出沒的喪屍啊。」

「你這根本是看到什麼講什麼嘛。」

「簡單說，自己以往的同胞正在給他國添增困擾。身為半獸人，他無法坐視這種事情發生，本著半獸人的驕傲……」

「是喔。」

「這樣說得通吧？第一天先收集情報，隔天起就去驅逐喪屍。察覺巴拉班將軍變成喪屍後，哪怕有大群喪屍擋路亦要突破包圍，直取其首級。我在意識朦朧間也有看見，最後他向巴拉班將軍挑起了名譽之戰，讓對方知道半獸人的驕傲依舊健在。其活躍完全不負英雄之名啊！」

# 9.求婚

「也是啦。」
桑德索妮雅點頭。
這確實說得通。
自己在那一戰當中，確實也認為是這麼回事。
感覺上，這傢伙就是為此而來，以往的同胞淪為喪屍，他是來拯救對方脫離憎恨與怨念
——桑德索妮雅如此認為。
但是，她心中仍有疑念。
總覺得有疙瘩。
比方說，換成自己處於半獸人王的立場，起初會派霸修隻身離國走動嗎？
連一名護衛都沒有……不對，姑且是有隻妖精陪在旁邊。
不過，應該要派一支部隊隨行擔任護衛吧。
假如自己要出外走動……呃，跟在身邊的總是托里克普多，就他一個人。
那麼，究竟是哪一點讓人牽掛在心？桑德索妮雅歪了頭思索。
「實際上，他在智人國似乎也以類似的形式除掉山賊了。」
「那又是什麼名堂，我可沒聽說。」
「我也只是聽到風聲罷了。」

「有風聲要早說嘛……不過，總覺得令人掛念……啊。」

就在這時候，桑德索妮雅想到了。

霸修入國當天，在晚上遇見彼此時的對話。

「那麼，他為什麼要對我說『我還會來見妳』？太奇怪了吧。那時候，他應該無法預測到我會跟巴拉班將軍交手啊。」

「這……」

「他還說了『呵，妳遲早會懂』耶。呵什麼呵！我根本不懂他那是什麼意思！遲早是要等多久！還是說，當時的戰局是他一手導出來的大戲嗎？那可不合理。我從那傢伙身上感受不到魔力。他不可能操控或創造巫妖。」

「嗯～～……」

托里克普多也開始歪頭思索了。

的確，霸修那天的言行不太對勁。

他曾散發有所企圖的氣息。

話雖如此，從霸修對巴拉班將軍用的心思來看，感覺這次事件並不是他在幕後操控。

霸修讓人留下的印象，反而是符合英雄風範的。

「桑德索妮雅大人。」

# 9.求婚

這時候，房門被敲響了。

「怎麼樣？」

「呃，有一位……訪客？表示想跟您見面。」

「誰啊，是欽兒嗎？那就告訴他，我今天要休息。昨天忙活那麼久，我實在也累壞了。善後讓他那邊的人手去處理嘛……」

「不，那位訪客……是個半獸人。」

桑德索妮雅與托里克普多望向了彼此的臉。

◆

桑德索妮雅居住的大樹，住著國家的顯貴。

因此，這棵樹在根部設有大廳，還安排了櫃台人員與衛兵。

目前那些衛兵圍在遠處，提防著一名人物。

雖然也有群眾來圍觀，但他們也都站得相當遠。

只是，無論衛兵或圍觀的群眾，感覺都有一絲善意。

被包圍住的人是一名男子。

綠色皮膚，凶悍的臉孔。高密度的肌肉不知為何讓精靈族服飾勒得緊繃。

沒錯，他穿著精靈族服飾。

男精靈出席正式場合就會那樣穿，那是一套以深綠為基調，還繡著黑線的服裝。

雖然衣襬嫌短遮不住腰，但仍算是盛裝打扮吧。

他似乎沒有把大劍帶來，看不見蹤跡。

在半獸人的臉孔旁邊，還有個交抱雙臂，雙腳張開與肩同寬，擺著架子飄在半空的妖精身影。

那是霸修與捷兒。

（盛裝打扮……？對方有什麼目的？）

桑德索妮雅投以納悶的視線，並且走到了霸修面前。

周圍的群眾鼓譟起來。

（想要我放寬跟半獸人定的協約嗎……？怎麼會，假如他在這個時間點提出要求，不就顯示他們真的都設想好之後的局面了？半獸人會有那種智慧？不過，若真是如此，我必須考量到這傢伙的貢獻再做答覆……可惡！）

桑德索妮雅手扠腰際，然後仰望霸修。

他的臉凶歸凶，卻也看得出有幾分緊張。

# 9.求婚

「所以，你找我有什麼事？話說，在這裡談合適嗎？」

「對，就在這裡談無妨。」

「那麼，有事快說。我可不是閒人。」

「嗯……」

桑德索妮雅直到現在才第一次打量起霸修。

仔細想想，從席瓦納西森林的惡夢發生後，她就沒有好好看過這個男人。

半獸人英雄霸修。

至少這傢伙從來到席瓦納西森林以後就不曾惹事。

席瓦納西森林也有眾多女精靈，但是都沒有接獲她們遭受襲擊的報告。

何止如此，感覺他只採取過對精靈有益的行動。

連在那場戰鬥中都表現得堂堂正正，簡直可讓精靈們稱其為英雄。

不，沒有錯，這名男子正是英雄。

那就是外界對他的稱呼。

跟我精靈族大魔導桑德索妮雅一樣。

換句話說，他不也是為了半獸人的未來、半獸人的前途、半獸人的驕傲著想才採取行動的嗎？

那麼，會要求放寬精靈族與半獸人族訂好的協約，也是當然的吧。

若是受制於協約裡的各項條款，半獸人在復興方面難保不會大幅落後他國。

「精靈族大魔導桑德索妮雅。」

「嗯。」

霸修從懷裡掏出了某樣東西。

閃閃發亮的金屬光澤。衛兵有一瞬間曾作勢防範，桑德索妮雅卻不為所動。

這個男人哪會使用能收進懷裡的小巧武器。與其用短劍或短刀，他靠自己的拳頭揍人應該還比較強。

「請收下。」

他拿出來的是一條項鍊。

而且，看起來是金閃閃的昂貴貨色。

簡直像男精靈求婚時會贈予女方的定情物。

「唔？這是什麼意思──」

「我從第一次見面就被妳迷住了。請跟我結婚生子，拜託妳。」

一瞬間。

周圍在一瞬間，變得悄然無聲。

# 9.求婚

桑德索妮雅自己也還沒辦法理解對方都說了些什麼。

（什麼？結婚是什麼名堂？這傢伙為什麼要把項鍊送給我？）

腦袋經過空轉與混亂以後，桑德索妮雅才總算會了意。

（啊！莫非，這傢伙是在跟我求婚？）

齒輪咬合的腦袋開始進一步運作。

（為什麼他要提結婚？冷靜點，趕快思考，應該有某種意義才對，快思考……對了，這傢伙說過，他還會來見我。沒有錯，這就是他的目的。他想向我求婚……！怎麼會有這種荒唐的事！為什麼！為什麼找我求婚？他真的對我一見鍾情？咦……咦？真的嗎？不，別被他騙了！這傢伙曾經擱下我不理耶！那天他打倒了我，卻把我擱著就走！）

桑德索妮雅是個急性子，但腦袋絕不算差。

身為精靈族大魔導，她時時都為了精靈著想，看待問題是有遠見的。

過去只見過一面的半獸人。

毫無喜歡上自己的要素。

假如他真的對她一見鍾情，在席瓦納西森林的惡夢發生那一天，索妮雅早就被霸修擄回去變成下午三點的點心……訂正，變成育有三兒的母親了吧。

所以，這都是謊話。

那真相是什麼？

這麼說來，據聞他有打聽過消息。

尤其是跟那些徵婚的精靈……

既然如此，或許他也得知了自己現在的處境。

或許自己急著結婚，想釣一個智人夫婿還到處受挫的羞恥處境已經被這傢伙知道了。

（難道說，他把我當成了可以輕鬆追到手的女人？）

桑德索妮雅思考到這裡，就氣得腦充血了。

「我拒絕！誰會跟你生子啊！」

當她如此斷言的同時，周圍群眾就發出了「噢噢！」的喧鬧聲。

沒過多久，還能聽見他們竊竊私語的交談聲。

（怎樣，你們是在說什麼閒話？別講了啦……）

桑德索妮雅一面感到內心七上八下，一面瞪向霸修。

至少要讓對方知道，自己不是可以輕易得到手的女人——如此心想的她使了勁猛瞪。

至於霸修這邊，則是一副臭臉。

「是嗎？很遺憾。」

接著，他就把金閃閃項鍊收進懷裡，並且轉身向後，垂頭喪氣地回去了。

態度乾脆。

霸修的態度實在太乾脆，連桑德索妮雅都想反過來叫住他。

總覺得他垂下肩膀的模樣，看起來實在很沮喪。

「到底錯在什麼地方……？」

對方嘀咕出來的一句話。

話中的真意，桑德索妮雅無緣了解。

◆

霸修垂頭喪氣地走在回旅舍的路上。

「哎呀～～……照我的估算，倒是覺得剛才求婚的時間點完美無缺耶。在絕命危機時伸出援手，趁著打動女方心房的時候，男方就瀟灑地現身求婚……精靈族發行的雜誌有寫到，這在女精靈期望的告白情境中排行第3名耶。」

「桑德索妮雅是『精靈族大魔導』，她也有立場要顧吧。」

經過戰鬥之後，霸修想起了桑德索妮雅的事。

巴拉班將軍戰死於席瓦納西森林時，有個精靈族的魔法師讓霸修受了重傷。

# 9.求婚

不過，當時他沒有看見對方的臉，也不曉得她的名字。

在那場戰鬥中，桑德索妮雅戴了面具。

霸修不知道其中玄虛，但那是可以增幅魔力，讓感官變得敏銳的面具。

除了那以外，桑德索妮雅為了壓制住半獸人的英雄霸修，身上還穿滿了堪稱精靈族相傳之寶的各種裝備。

順帶一提，雙方也沒有互報名號。

霸修固然知道「精靈族大魔導」這號人物，卻不曉得她叫桑德索妮雅。

因此，無論得知名字或看見長相，都是頭一遭。

一見鍾情的說詞亦非謊言。

那場戰鬥讓霸修十分有印象。在戰爭中，霸修有好幾次瀕臨喪命。但隨著終戰的接近，頻率就跟著降低了。

終戰前夕，身受那樣的重傷，對霸修來說也是久違的體驗。

打到最後他已經意識朦朧，連戰鬥是如何分出勝負，還有自己後來是怎麼逃出精靈軍勢的包圍都不記得了。

他只記得自己躲進熊住的山洞，還讓捷兒救了一命。

「精靈族大魔導」。

霸修也有聽聞該項情報。

從遠古存活至今的高等精靈，年紀為一千兩百歲。

據說她是由司掌風雷與貞潔之神授予力量的神子，若失去處子之身，就會跟著喪失魔力，可謂精靈族的守護神。

處子之身若是對方的力量來源，自然不可能跟人結婚。

就算霸修再遲鈍，也隱約曉得結果會是如何。

實際遭到回絕，卻還是覺得大失所望。

「我看見嘍！」

這時候，有人來跟這樣的霸修搭話了。

回頭望去，在那裡的是一名女精靈。還有個男智人被她挽著手臂，讓霸修看了覺得很羨慕。

霸修對這個具備一流戰士風範的女精靈也有印象。

沒錯，就是她給了關於「羌鷲棲木」的情報。

「妳是……」

「沒想到你竟會跟索妮雅大人求婚！令人感動！原來半獸人也懂得用那種方式追求女性！」

# 9.求婚

「是啊……」

亞瑟蕾雅……雖然霸修不知道這個名字就是了，她相當興奮。

「不過，結果真叫人遺憾。就算你是半獸人的英雄，那一位仍是高嶺之花。」

「看來是這樣沒錯。但我還可以追求其他精靈。」

「什麼？」

亞瑟蕾雅的臉上帶有殺氣。

碰到她那種態度，霸修也緊握拳頭。然而，亞瑟蕾雅立刻收斂殺氣，「呵」地笑出來。

「對喔……畢竟你是半獸人嘛。」

「那有什麼問題嗎？」

「不是，看來你似乎不曉得，精靈討厭看一個男人到處拈花惹草，你都已經像那樣公然向索妮雅大人求婚了，即使要換對象，其他人也不會接受你的追求。」

「換句話說，我要娶其他精靈是沒指望了？」

「是這樣沒錯。」

「唔。」

霸修驚呼一聲。

金閃閃項鍊居然只能用一次，這是他想都沒有想到的。

不過，在戰場上也是這樣。所謂的機會來臨，大多只有一次。

而且就是要在錯失機會以後，才會發現那是絕無僅有的。

「那就沒辦法了。」

「別氣餒。像你這樣的男人，很快就能找到對象啦。」

「但願如此。」

即使對方叫霸修別氣餒，他也沒辦法不氣餒。

明知會失敗而採取的求愛行動，居然讓眼裡可見的所有精靈全都沒得追了。

霸修再怎麼敢做敢當，還是會覺得懊悔。

「那我到此失陪嘍。接下來我要跟達令去吃飯慶祝打勝仗。」

「呃，我們先走了……」

亞瑟蕾雅這麼說完以後，就拉著一名看似文弱的眼鏡男子往其他地方走去了。

那大概就是她口中的達令吧。

在霸修到目前看過的智人當中顯得特別弱，看起來也不像魔法師。

以半獸人的常識而言，這種男人要結婚有如遙不可及的夢想。

「慢著。我有事要問妳旁邊的男人。」

因此霸修叫住對方。

# 9.求婚

亞瑟蕾雅緩緩回過頭。

眼神如龍。彷彿在警告霸修，要是敢對達令出手，她可不會留情。

「我想知道，你是怎麼追到這個女人的？」

「咦？」

亞瑟蕾雅的目光頓時轉向了男方。

你問這什麼問題嘛，我也想知道——視線好似這麼透露。

男方先是遲疑，然後就在畏縮與困惑間做了回答。

「我在戰爭中曾被亞瑟蕾雅小姐救過一命。當時我被魅魔抓去，身心都受到嚴重消耗，就在覺得快撐不住時遇見了她……所以，呃，當我想報救命之恩而來到精靈國以後，發現亞瑟蕾雅小姐正在尋找結婚對象，我覺得那是個機會，她對我來說像一朵高嶺之花，更是我憧憬的對象，但我覺得把握當時或許就能成為亞瑟蕾雅小姐的丈夫，所以才下了決心……」

「……原來如此。」

霸修對自己感到羞恥。

雖然只是一絲絲懷疑，但他有想過，這個男的該不會用了什麼卑鄙的手段。

然而，霸修錯了。果然機會只有一次。如果不能把握，就無法取得勝利。

或許這男的並不是戰士，卻理解其中的道理，勇於從正面決勝負，所以他才贏得了美人歸。

假如要說霸修跟他有什麼差異，就是霸修明知缺乏勝算仍要挑戰，這男的則是找出勝機再迎戰對手。

挑戰沒有勝算的戰鬥，對半獸人而言並非恥辱。

然而，想取得勝利的話，就不該把僅限一次的機會用在沒勝算的戰鬥上。

無法說何者才算正確。

沒錯，就像巴拉班將軍，還有大戰士長甘達庫薩面對夜襲那樣……

「我會當成參考，感謝你。」

「啊，哪裡哪裡……請你加油。」

男子低頭行禮以後，就與亞瑟蕾雅一起離去了。

也許是多心吧，感覺亞瑟蕾雅的腳步比剛才更輕快，跟男人的距離也更近了。

兩人之間彷彿有愛心符號飛來飛去，霸修羨慕地目送他們。

「哦，這不是霸修老兄嗎！」

這時候，有人找霸修搭話了。

回頭望去，在那裡的依然是男智人跟女精靈。

不過有別於剛才，這次霸修認識的是男方。

# 9.求婚

「絕命者」布里茲。

不對，女精靈也很眼熟。

印象中，她是那個自稱肯為愛奉獻的女人……沒錯，她還誇下海口表示要跟龍作戰也甘願。

「……看來，你順利找到對象了。」

「是啊，托老兄的福。」

布里茲露出了一副色樣，還摸了幾把摟著自己的女精靈的腰。女精靈臉紅歸臉紅，卻什麼也沒說。

霸修的鼻子嗅到了些許氣味，聞起來跟半獸人國的繁殖場類似，可見他們倆昨天應該度過了愉快的一晚。

在霸修看來，只覺得羨慕而已。

如今，自己已經得不到了。

「老兄，你接下來有什麼打算？」

「這個嘛……我在這座城裡好像沒事可做了，但也沒有情報指引我下個該去的地方。」

「是啊，你來這座城的理由，現在已經消失了。」

打倒半獸人巫妖以後，半獸人喪屍的威脅已不復存在。

而且，還幫助精靈族大魔導打倒了變成喪屍的半獸人將軍，即使說保住了半獸人的驕傲也不為過。

霸修老兄的差事到此結束。

這是布里茲所做的解讀。

「……不過既然你這麼說，我倒是有聽見一條令人在意的消息。」

「什麼消息？」

「唉，我是不清楚詳情啦……」

「麻煩告訴我。」

「呃，我知道的真的不多。聽說在矮人國的多邦嘎坑道，發生了跟這次類似的狀況。」

跟這次類似的狀況。

霸修聽了對方所說的情報，腦海裡閃過一句話。

「流行與異族聯姻」。

在精靈國，連那個文弱的男人，還有立場跟自己相似的布里茲都找到對象了。

霸修雖說錯失了機會，也只差一步就成功。

他是跟桑德索妮雅這種遙不可及的對象求愛，才會導致失敗，卻有了在智人國不曾體會到的「手感」。

# 9.求婚

只差一步。霸修有這種感覺。

因此，假如矮人國有跟這次相似的狀況，或許他下一次就能找到老婆了。

「我明白了！感謝你的情報！」

「噢！哎，路上大概會很辛苦，不過加油吧。我支持你！」

布里茲這麼說完就離去了。

「矮人嗎？」

「多邦嘎坑道是從這裡一路往北去，老大。」

「我們走。」

「好！我會追隨老大到任何地方！」

在精靈國找老婆是以失敗收場。

然而，霸修立刻就切換心思，將希望寄託在下一條情報。

◆

那一天，精靈國受到了震撼。

因為有某項消息傳了開來。

這要是發生在智人國，就會變成號外而加派報紙了吧。

精靈族並沒有那樣的報章文化，然而事關桑德索妮雅，那就另當別論。

人們口耳相傳，消息一下子便廣為流傳。

「索妮雅大人在席瓦納西森林沒有被侵犯，是因為索妮雅大人太過美麗，讓半獸人體悟到了真愛！」

這項消息的傳播之快，可以說轉眼間就橫掃席瓦納西森林，餘波更在幾天內遍及了全精靈國。

# 尾聲

霸修求婚後過了幾天。

「沒想到霸修大人來我們這裡也是為了幫索妮雅大人回復名譽，實在讓人想不透呢。」

桑德索妮雅的壞名聲正迅速得到化解。

半獸人沒有擄走她，並不是老人味所致。

反而是她散發的女人香蠱惑了半獸人。

換句話說，桑德索妮雅身上芬芳四溢。

如今甚至有這種傳言散播開來，她跟年輕精靈錯身之際會被嗅味道的狀況也就跟著變多了。

由於太常被人嗅味道，桑德索妮雅有點難為情，還養成了每次洗完澡都一定要灑上香水讓自己聞起來舒服的習慣。

「驅逐喪屍，還幫助桑德索妮雅大人回復名譽……半獸人在席瓦納西森林牽涉到的變故，全都托霸修大人之福解決了呢。」

「我這件事並不算變故吧！……不過你說得對，我得向半獸人國正式致謝。可不能讓他們以為精靈恬不知恥嘛！」

「用氣味消除液感覺不至於被當成恬不知恥啊。」

「早強調過我這件事不算變故了吧！」

桑德索妮雅這麼說完，就看向了窗外。

開展於大樹最頂層的席瓦納西森林景致。

具抗火性的紅色屋頂排成一片，和平的景象。

於戰時一直都盼望不已的祥和時刻。

如果自己當時就那樣被喪屍打倒，或許便會失去這些。

想到這裡，她甚至覺得對霸修再怎麼感激都不夠。

關於在梳妝台上排成一列的香水，要她順便感謝也是可以。

「哎，怎麼說呢！起初我對他是有戒心，但這個男人實在了得！半獸人固然有許多既愚蠢又粗鄙還不顧他人死活的傢伙，然而人稱英雄之輩果真就有一股不凡的氣息！」

「要說氣息，索妮雅大人身上也有啊。」

「你這是什麼意思！」

「不過，事情變成這樣，拒絕他的求婚會不會有些可惜？」

# 尾聲

「笨！沒拒絕的話，我依然擺脫不了老人臭的傳言吧！」

「可是，那樣妳就能結婚了。」

是那樣沒錯。

霸修的求婚幫桑德索妮雅抹去了壞名聲。相對地，這次變成名聲好過頭了。

「桑德索妮雅的處子之身對精靈而言是神聖的，任誰都不得侵犯」。

不分國內外，都開始有這樣的風聲流傳。

這樣一來，在國內會對桑德索妮雅獻殷勤的男人就變得更少，原本能懷抱一絲希望的他國人士，更是不敢染指有這種風評的桑德索妮雅。

有人染指她的話，可以想見該國將會跟精靈國爆發戰端，桑德索妮雅的婚期也就不得不說變得更加遙遠了。

順帶一提，她是處女這件事也露餡了。

連托里克普多都會挖苦：「明明沒有經驗，換尿布的技術倒是高超呢。」

「哼！哼！誰要跟半獸人那樣的種族結婚啊！那些傢伙知道自己妻子懷孕，可是會扒光她的衣服向全村炫耀耶！難道你覺得那樣好嗎？要是我桑德索妮雅受到那種待遇，你還覺得好嗎！」

「感覺對肚子裡的小孩不好呢。話雖如此，這附近一整年都氣候溫暖，不至於造成大礙吧？」

「我想說的是那會成為精靈族之恥啦！」

「啊～～這樣不行喔，桑德索妮雅大人。在戰爭被抓走的精靈當中，也有人經歷過那樣的遭遇。妳要說那是恥辱的話，會構成歧視喔。這樣好嗎？歧視那些為國上陣戰鬥的人？」

「不、不對，我可沒有歧視同胞的意思！只是要說的話，我還是會覺得不好意思。裸體不能輕易示人的，應該說，只有丈夫才可以看……」

桑德索妮雅忸忸怩怩地搓起手。

她急著結婚。雖然心裡覺得對象是誰都好，對於婚後的理想卻很高。

畢竟她可是精靈族的英雄桑德索妮雅。

「戰時姑且不提，協約裡已經禁止那種行為，我想半獸人應該不會那樣待妳才對。何況霸修大人也比外表所見的還要紳士，我倒認為他會疼惜妻子。」

「別、別開玩笑了！」

桑德索妮雅交抱雙臂，轉向牆壁氣呼呼地發怒。

然而，她的嘴邊卻掛著掩飾不盡的笑意。

她回想到的是跟巴拉班將軍那一戰。

那時候，可恨的半獸人跑來，原本她還認定完蛋了，大勢已去，然而事後一回想，再沒

## 尾聲

有比那更令人放心的背影。

我不會讓任何人碰妳一根指頭。

活了一千兩百年，也好久沒有聽到男人對她說那種話了。

處於被保護的立場也不錯，對方更是可以讓自己作戰無後顧之憂的好手。難能可貴的存在。

越是這麼想，記憶中的霸修就越是被美化。

如今在桑德索妮雅的腦海裡，霸修的牙散發著白銀光彩。

「哎，假如那個半獸人多來向我求愛幾次，我倒不是毫無考慮的餘地！」

「哦。」

「畢竟精靈壽命長啊。要我陪他一晚……不對，既然他希望生子，幫他生一個……倒也無妨。對外界應該也沒什麼需要交代的。雖然被扒光拖去遊街是不敢領教……但我要是嫁半獸人的英雄為妻，也能跟半獸人共築良好的關係。這對精靈更是有益。沒錯，既然對精靈有益，那就不得已嘍！沒錯！」

托里克普多一邊聽著一邊聳了聳肩。

桑德索妮雅總是這樣。

她偶爾會用這種嘴硬的口氣表示自己不願，內心卻已經快要傾向答應了。

因為不東拉西扯地找理由的話，她就沒辦法答應求婚。

「所、所以呢，那傢伙……霸修人在哪裡？我並沒有要答應跟他結婚，不過，鄭重向他再致謝一次會比較好吧？以精靈族代表的身分！你說對吧！」

「要找霸修大人的話，他在被妳甩掉的隔天就已經啟程旅行了喔。」

「咦，是這樣喔？」

「妳原本在期待他死纏爛打嗎？」

「唔……」

「桑德索妮雅大人，妳會不會太瞧不起他了？對方是半獸人的英雄喔。像他那樣的男人，在戰爭中抓過的女性，多得是妳也望塵莫及的美女喔。」

「咕唔唔……」

實際上霸修連一個都沒有抓過，但沒有人知道這件事。

既然他是半獸人的英雄，外界自然會認為他在戰爭中侵犯過好幾個抓走的女人。

之所以沒有人對此感到唾棄，原因無他，畢竟半獸人國已經受到制裁，半獸人們也遵守了協約。

如今是戰後的時代，非得包容他國文化才行。

哎，那碼歸那碼，桑德索妮雅的臉紅透了。

# 尾聲

雖然她並沒有自詡為美女，但是被當面質疑「對方怎麼可能理妳嘛」，難免會又羞又怒地氣得腦充血。

「我、我、我……」

「？」

桑德索妮雅吼了出來。

「我要出國去旅行！」

「咦？」

「我要旅行！這種國家誰待得下去！我會在聽不見傳言的地方找個好男人！」

「……唉。」

「攔我也沒用！我絕對要去！非去不可！」

「……」

托里克普多凝視了突然說要出國旅行的桑德索妮雅。

桑德索妮雅確實是會突然提一些怪主意。

她會心急口快地講出形同開玩笑的話。

這一次，應該也屬於類似狀況吧。

可是……托里克普多如此心想，不久便「呵」地笑了笑。

「我不會攔妳喔，桑德索妮雅大人。」

「咦？你不攔我嗎……？」

「是的。一直以來，妳都為精靈族盡心盡力……如今，精靈族已經過度依賴妳了。希望妳也該拋開憂慮，悠閒自得地享受生活。但是責任感強的妳，只要留在國內就會為我們操心。妳會主動將重任扛到肩上。既然如此，到他國旅行休養一陣子，享受這和平的時代應該也不失為一種好選擇。」

「……」

桑德索妮雅噤口不語。

她以為對方會攔阻。畢竟，還有很多該辦的公務。

「呃，有道理……既然你這麼說……不過，真的沒問題嗎？即使我不在？」

「是的。之後的事請交給我們。我托里克普多……乃至全體精靈族，一定會合力守護國家的！」

「啊，是嗎……」

對方說得這麼明確，索妮雅實在不好改口表示：「呃，剛才我只是有點衝動才唸幾句而已。」

「嗯。那麼，我要出發嘍。」

# 尾聲

「請慢走。」

如此這般，桑德索妮雅踏上旅途。

踏上這段號稱要遊歷諸國、休養身心的……徵婚之旅。

◆

另一方面，霸修這時候正往北而行。

他撥開樹木，穿過草叢，目標在北方。

他從布里茲那裡得到了下個目的地的提示。

據說在北方，矮人國的多邦嘎坑道，發生了跟精靈國類似的狀況。

以半獸人的偏好來看，女矮人比較不對胃口。

跟智人或精靈一比，霸修也沒有那麼喜歡矮人。

但是，這次他聽從休士頓的建議，就遇上了那麼美的精靈。

下次應該也可以期待。

「雖然這次沒追到老大要的女人，還是打起精神上路吧！下次也要加油～～！」

「噢噢！」

霸修動身前行。
與妖精結伴。

# 後記

各位好久不見，我是理不尽な孫の手。

請容我藉這個場合，先向閱讀《半獸人英雄物語》第二集的各位致謝。

誠摯感謝大家。

這次我想談談是發生過什麼事情，促使自己寫出了第二集的內容。

那差不多是在西曆２０１８年的中期吧。

當時，在黑暗界的輕小說作家之間，正流行某一項行為。

「燒精靈族的森林」。

沒錯，黑暗界的輕小說作家們，簡直像是爭先恐後地在精靈族的村子放火，還看著精靈們失去故鄉的模樣，露出愉悅的笑容，進而在社群網站上發表自己用了什麼手法來燒森林，還把精靈們被捉後的下場當成獎盃一樣到處炫耀。說來真是慘無人道。

看到那一幕，我有了個想法。

我也想燒精靈族的森林……不對，我反而想拯救森林遭遇火劫的精靈族，跟精靈族打情罵俏。

會有這個想法，是同年上映的某部電影促成的。

《道別的早晨就用約定之花點綴吧》。

在電影裡出現的種族名稱並不叫精靈，不過那是外表較為年幼的長壽種族，跟精靈有相似之處。村子也有遭遇火劫。

細談會觸及劇情的內容，因此我就按下不提了，總之這是一部好電影。

看了這部電影的我受到強烈啟發，內心便斷然決定下一部作品絕對要來燒精靈族的村子……不對，決定要拯救精靈族並且跟她們打情罵俏。

唉，所以說呢，既然要拯救，不就必須先讓她們陷入危機才行嗎？既然這樣，火燒森林也是在所難免的嘛。誰教我想救她們呢。對不對，各位也懂吧？

於是我就決意燒精靈族的森林了。

然而，人算不如天算。

燒不掉！

在《半獸人英雄物語》裡，精靈族有防範火災的措施，民宅全都塗上了抗火性高的塗料。沒錯，我們家的精靈族不怕火！

# 後記

仔細想想，長年與他國交戰的精靈族，說來怎麼可能放著自己的弱點而毫無作為。順帶一提，只有精靈族會用那種對策就很奇怪。要說的話，只有精靈族陣營會用也是很奇怪的。

因此，連身為敵方的半獸人也在他們的鎧甲上面塗了相同塗料，克服火攻了。這個世界的種族大多不怕火。

對策、擄獲、仿效。可以寫這些細節，就是奇幻作品的趣味之處。

從這個著眼點，我反過來將劇情推展成精靈族運用火，怕火的半獸人喪屍則採取了抗火的對策。

接著則是陷入危機的精靈，還有出面相救的半獸人英雄。雙方四目對望，心與身體拉近距離，可是半獸人英雄卻被甩了，就這麼回事。

《半獸人英雄物語》第二集便是這麼完成的。

我在想，寫出來的故事是不是滿令人滿意呢？

雖然唯一的遺憾是沒有燒到森林！

談到這裡，由於有多餘的頁數，接下來我想聊聊電玩遊戲《對馬戰鬼》。

《對馬戰鬼》是由Sucker Punch Productions研發出來的ＰＳ４專用遊戲。

這部作品以文永之役為題，敘述了對馬遭到蒙古侵攻占領，身為主角的境井仁則要設法挽救的故事。

仁哥被尊敬的主公教導過「戰鬥要謹守武士風範重視榮譽」，所以會希望保有自己的武士風範，但是蒙古兵源源不絕地湧來，反觀仁哥只有隻身一人。用正攻法實在是難以力抗，也會被迫採取有失武士風範的卑鄙戰法。原本想活得像個武士的仁哥；靠那樣會救不了的眾多人們；即使如此仍開導仁哥要活得像個武士的可敬主公……這就是在講述一個男人在各方價值觀衝突下而苦惱的故事。

遊戲裡的取景也賞心悅目，滿地紅葉，染上楓紅的山，整片芒草的原野，處處可見帶有日本風情的美麗景致。

玩家可以一面在這樣的風景中旅行，一面思考何謂武士、何謂榮譽，並且打倒來犯的蒙古兵，拯救對馬脫離危機。它是這樣的一款遊戲。

再說到這款《對馬戰鬼》，在十月終已經迎來版本更新，新增了線上合作模式。

原本我還以為更新的內容是將正篇劇情繼續寫下去，並且讓複數玩家合力來進行攻略，結果卻吃了一驚，等著玩家的是與正篇劇情全然無關的原創腳本。

「和平的對馬遭到了『黑暗蒙古』攻打！其領袖『壹與』靠邪法操控了鬼與天狗，還抓了日本的神明吸收力量，正打算要消滅對馬！冥人們啊，現在就站起來對抗吧！」

從先前充滿真實味而富有日本風情的故事難以想像，新腳本會跳脫得這麼遠。

# 後記

然後，明明內容是如此天馬行空，玩起來卻滿有意思。

首先這明明屬於線上遊戲，當中卻幾乎沒有搞不懂自己該何去何從的新手。這也難怪，畢竟大部分的玩家都是已經扮演仁拯救了對馬的冥人。跟他們在協力模式裡一起把敵人像鋤草一樣地砍倒，最後抵達壹與的面前，克服各種關卡設計來阻止對方的野心。這怎麼可能不好玩。

操作方式也經過改善，在正篇相當繁瑣的武裝切換，簡化成因用途而異的四大類，變得相當容易遊玩。

如果要提一個難處，就是最終章。只有跟壹與戰鬥的部分，非得由親朋好友四個人組隊挑戰才能過關。

但是我玩得很滿意，因此沒玩過《對馬戰鬼》的人，不妨從現在找齊四個人一起來試試。

那麼，長串的閒聊就寫到這裡……

這次同樣為本作繪製了精美插畫的朝凪老師；由於《無職轉生》的工作而無法專注心力，被我添了莫大困擾的K編輯；其餘參與本書製作的全體相關人士；還有在小說家網站等候更新的各位讀者。

這次我同樣要誠心地謝謝你們。

理不尽な孫の手

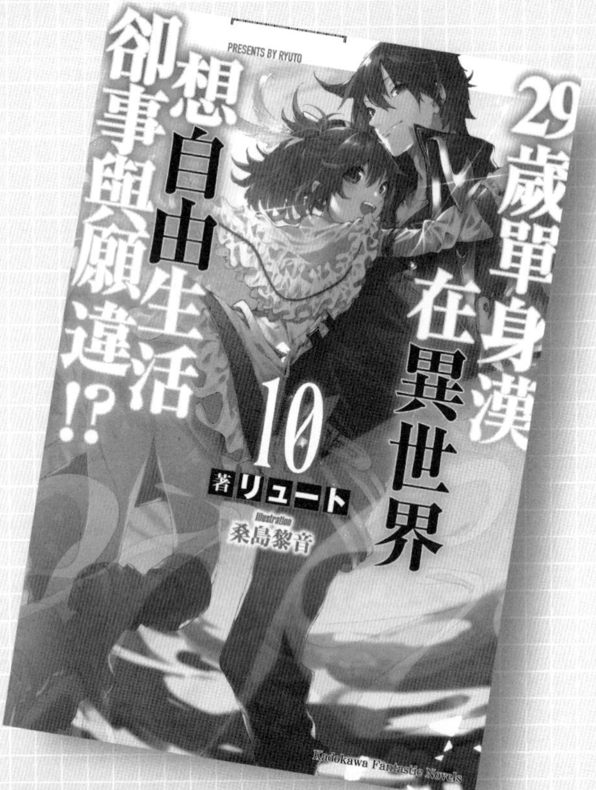


## 29歲單身漢在異世界 想自由生活卻事與願違!? 1~10（完）

Kadokawa Fantastic Novels

作者：リュート　插畫：桑島黎音

### 專心國政而疲於奔命的大志 迎來命運的分歧點，他的選擇是——!?

大志讓國家恢復和平之後，開始專心處理內政。勇魔聯邦內的問題堆積如山，使他疲於奔命！這時候，某人突然鎖定大志展開襲擊……！不僅如此，眾神向大志提出了某項要求。大志是否要走上成為神的道路——抉擇的時刻到來！

各 NT$180~220/HK$50~68

# 七魔劍支配天下 1~5 待續

Kadokawa Fantastic Novels

作者：宇野朴人　插畫：ミユキルリア

**最強魔法與劍術的戰鬥幻想故事第五集登場！**
**2020年《這本輕小說真厲害》文庫本部門第一名！**

奧利佛和奈奈緒追著被帶進迷宮的皮特來到恩里科的研究所。他們在那裡目睹了可怕的魔道深淵，並隱約窺見了魔法師和「異端」漫長的抗爭。另一方面，奧利佛與同志們選定恩里科為下一個復仇對象，他的第二次復仇究竟將迎來什麼樣的結局——

各 **NT$200~290/HK$67~97**

# 打倒女神勇者的下流手段 1~6（完）

Kadokawa Fantastic Novels

作者：笹木さくま　插畫：遠坂あさぎ

**亞莉安、瑟雷絲和莉諾的攻勢愈來愈激烈……**
**真一選擇的答案究竟如何？**

女神的威脅已去，和平造訪世界——事情並未如此，失去信仰對象的人類社會亂上加亂。沒有勇者使得魔物四處肆虐、國際情勢詭譎。白精靈們的相親問題、殘存女神教腐海化、莉諾沒有同世代朋友等，難題堆積如山……下流參謀的異世界攻略記最後一幕！

各 **NT$200~220/HK$67~75**

# 史上最強大魔王轉生為村民A 1~5 待續

Kadokawa Fantastic Novels

作者：下等妙人　插畫：水野早桜

## 亞德將與自己所留下的過往遺恨對峙！
## 「前魔王」的校園英雄奇幻劇第五集！

亞德與伊莉娜受到女王羅莎的召集，一同擔任女王的護衛參加五大國會議，造訪宗教國家美加特留姆。然而，他們遇見了過去位居魔王部下最高階的武人，當上教宗的前四天王之一——萊薩。他繼承「魔王」的遺志，企圖透過洗腦來達成世界和平……！

各 **NT$220~240/HK$73~80**

## 未踏召喚://鮮血印記 1~9 待續

Kadokawa Fantastic Novels

作者：鎌池和馬　插畫：依河和希

**關鍵就在於兒時的恭介以及「妹妹」的真相……**
**系列最大的謎團將在此揭曉！**

理應已經死亡的召換師信樂真沙美出手介入，讓城山恭介與「白之女王」免於爆發一場致命性衝突。女王為了避免摧毀恭介生存的整個世界，於是踏上「了解人類之旅」。祂究竟能不能接納召喚師、憑依體、凡人以及恭介？

各 **NT$240~280/HK$75~93**